KB178435

상상을 현실로
만드는 괴짜들

일러두기
책 속의 QR코드를 스캔하면 본문에 언급된 긱블의 실험 영상을 시청하실
수 있습니다.

쓸모없는 도전은 없으니까

긱블

긱블 지음

상상을 현실로
만드는 괴짜들

포르체

영화를 잘 모르는 사람들이라도 〈기생충〉과 〈오징어 게임〉이 세계적인 인기를 끌고 국제적인 상을 받았다는 사실은 알고 있을 것입니다. 그런데 혹시 허준이 교수님이 대수기하학을 연구하여 2022년에 필즈상을 받았다는 소식을 알고 있나요? 아마 처음 들어 보는 분들이 많을 것입니다. 사람들은 대부분 과학과 공학을 일상의 관심사 바깥에 두고 크게 신경쓰지 않습니다. 기술의 발전을 누리고 있지만 그 발전 과정은 자신과 다른 세계에서 일어나는 일이라고 생각합니다. 과학과 공학은 왜 이렇게 어렵고 따분한 영역이 되었을까요?

역사를 살펴보면 과학과 기술은 대체로 경쟁하며 발전해 왔습니다. 대표적으로 미국과 소련의 냉전 시대가 있죠. 소련은 미국과의 우주 기술 경쟁 속에서 한 발 앞서 인류 최초의 인공위성을 발사했습니다. 그때 미국을 비롯한 서방 국가들은 과학 부문의 경쟁에 밀렸다는 사실에 큰 충격을 받았습니다. 그걸 스푸트니크 충격 Sputnik Crisis 이라고 합니다. 그 이전까지 미국의 교육은 주로 창의성과 개성을 중시하는 경험주의를 따랐는데, 이 사건 이후로 점차 경쟁에서 이기기 위한 성과 위주의 교육으로 바뀌었죠.

이로 인해 미국은 비약적으로 성장할 수 있었습니다. 하지만 그 과정에서 과학자와 공학자들에게는 국가 경쟁에서 이길 만큼의 엄청난 성과를 기대하는 분위기가 형성되었습니다. '세상을 구할 만큼 엄청난 결과를 만들어야 하는 학문'이라는 시선으로 과학과 공학을 바라보게 된 것입니다. 정말 그럴까요?

우리는 노래를 못해도 음악을 듣거나 따라 부르고, 전시할 만큼 훌륭한 그림을 그리지 못해도 노트에 낙서를 합니다. 손흥민 선수만큼 축구를 잘하지 못해도 기꺼이 운동장에 뛰어 나가고, 경기를 관람하고, 경기가 끝나면 친구들과 감독에 빙의하여 누가 잘했고 누가 못했다며 열변을 토하죠. 과학과 공학도 그렇게 적당히 즐기는 가벼운 취미가 될 수는 없을까요?

과학과 공학이 꼭 세상을 구할 필요는 없습니다. 과학과 공학을 배운다고 해서 꼭 상대성 이론을 만들어야 하는 것도 아니고, 우주로 로켓을 쏘아 올려야 의미가 있는 것도 아닙니다. 어떻게 보면 이미 우리는 이와 흡사한 취미를 누리고 있습니다. 바로 DIY입니다. 가구든 뜨개질이든 손으로 만드는 DIY 키트가 존재하는 것은 우리가 직접 무언가 만들고 싶은 욕구를 가지고 있다는 반증일 것입니다.

긱블이 하는 일은 그와 다르지 않습니다. 쉴 새 없이 손으로 무언가를 만들고, 그 과정을 영상으로 찍어 선보입니다. 다른 점이 있다면 아무도 시도하지 않을 법한 엉뚱한 작품을 만든다는 점일까요? 우리는 누구나 한 번쯤 떠올려 봤을 법한 상상을 현실에서 구현하고 만들어 내는 사람들입니다. 오줌 누는 강아지 로봇, 머리 감겨 주는 기계, 절대 물을 가득 채울 수 없는 물병 같은 것들 말입니다.

결과물의 완성도가 높을 때도 있지만 엉터리일 때도 있

고, 심지어 실패하기도 합니다. 하지만 아랑곳하지 않습니다. 우리는 성공하기 위해서 만드는 것이 아니라 그저 즐기기 위해서 만들기 때문입니다. '과연 이런 게 가능할까?'라는 질문이 던져졌을 때, 적은 투자 비용으로 좋은 효율을 내는 최고의 기계를 만드는 게 아니라 아주 비효율적이고 쓸모없지만 어쨌든 가능하게 만드는 기상천외한 방법들을 찾습니다.

편견을 깨고 나가면 새로운 미래가 보인다

미래에는 지금 존재하는 직업의 상당수가 없어지고, 대신에 그보다 더 많은 새로운 직업이 생길 것이라고 합니다. 하지만 변화하는 속도가 너무 빨라 예측 불가능한 시대에 접어들었기 때문에 앞으로 어떤 직업이 생기고 각광받을지는 알 수 없습니다. 그렇다면 우리가 준비할 수 있는 미래는 사회에서 안정적이라고 인정받던 기존의 경로를 따라가는 것이 아니라 인간만이 할 수 있고, 또 자신만이 할 수 있는 새로운 영역을 개척해 가는 것이 아닐까요?

사실 깃블 초기까지만 해도 생산적인 일을 하는 전형적

인 회사도 아닌 긱블이 이만큼 많은 관심과 사랑을 받을 줄은 몰랐습니다. 지금은 긱블이 하는 일 자체를 재미있게 봐 주시는 분들이 많지만, 예전에는 긱블의 존재 이유에 의문을 갖는 사람들이 적지 않았죠. '이런 걸 해서 뭐 하려고 하느냐, 어디에 도움이 되겠느냐, 그거 할 시간에 차라리 공부를 해라.' 영상마다 매번 비슷한 댓글이 달리곤 했습니다.

그렇지만 긱블이 이런 일을 하는 건 엄청나게 훌륭한 과학자나 공학자이기 때문도 아니고, 그렇게 되고 싶어서도 아닙니다. 긱블이 존재하는 이유는 우선 우리가 과학과 공학을 좋아하기 때문이고, 기존에 존재하지 않았던 엉뚱한 시도를 하거나 심지어 실패작을 만드는 것을 즐기기 때문입니다. 더 나아가 과학과 공학을 주제로 다양한 상상력을 발휘하고, 누구나 놀이처럼 즐길 수 있다는 사실을 더 많은 사람에게 다양한 방법으로 전하고 싶습니다. 인공지능은 정답을 찾아 줄 수 있지만, 틀을 깨고 나가서 즐기는 것은 여전히 우리의 몫입니다.

세상에는 아직 과학과 공학이 지루하고 따분하다는 편견이 있습니다. 그래서 긱블은 그 편견 덩어리를 꾸준히 때리면서 조금씩 균열을 내는 일을 하려고 합니다. 과학과 공학이 어느 연구실에서 다뤄지는 심각한 학문이 아니라, 예능처럼 즐기는 놀이가 될 수 있다는 걸 직접 보여 주면서 말입니다.

물론 우리가 맞닥뜨리고 있는 편견은 비단 과학과 공학에 대한 것만은 아닐 것입니다. 각자가 깨고 싶은 편견 덩어리를 가만히 지켜만 볼 것인가요? 긱블의 터무니없는 도전이 과학과 공학에 대한 편견을 깨는 동시에 누군가가 또 다른 균열을 내기 위해 용기를 내는 시발점이 되었으면 좋겠습니다. 그러다 보면 우리는 예측하지 못했던 미래의 어느 순간에, 생각지도 못했던 아주 재미있는 일을 하고 있을지도 모릅니다.

낙수가 바위를 뚫듯이, 작은 시도가 계속된다면 언젠가는 우리가 원하는 변화가 일어날 것이라고 믿습니다. 우리가 만드는 것들은 쓸모없을지 몰라도, 세상에 쓸모없는 도전은 없으니까요!

2024년 7월,
긱블 일동

▶ 태정태세(이정태)

2018년에 PD로 긱블에 합류하여 현재는 대표직을 맡고 있습니다. 긱블의 콘텐츠가 전국 학교에서 재생되고 선생님들의 교육 자료로 쓰이는 세상이 오기를 바라는 마음으로 콘텐츠를 제작합니다.

▶ 민바크(김민백)

긱블의 메이커로 입사하여 현재는 부대표직을 맡고 있습니다. 기계공학을 전공했지만 전자공학 및 소프트웨어 등 다양한 기술에 관심이 많아 스스로를 '다발자(다양한 것을 개발하는 사람)'라고 부릅니다. 용접, 3D 프린팅, 아두이노, 인공지능, 게임 출시 등 다양한 작업을 하고 있습니다.

▶ 잭키(오은석)

기계에 영혼까지 팔 기세의 완벽주의 설계 변태 메이커입니다. 긱블에 나온 콘텐츠 중에서도 주로 오토바이, 자전거와 같은 탈 것이라던가 복잡한 메커니즘이 필요한 작품을 제작합니다. 현재는 긱블을 떠나 자동차 관련 회사에서 일하고 있습니다.

▸ 수드래곤(이수용)

긱블의 매드 사이언티스트로, 주로 전기 및 전자와 관련된 메이킹과 괴짜 실험을 진행합니다. 사람들과 소통하는 것을 좋아하여 강연이나 워크숍 진행에도 높은 숙련도를 보유하고 있습니다.

▸ 갈퀴(이민석)

긱블의 기획 PD로, 과학과 공학을 소재로 어떻게 하면 더욱 재밌고 친근하게 전달할 수 있을지 고민하는 역할을 맡고 있습니다. 영상 콘텐츠를 위한 소재를 수집하고 조사하며, 대중에게 전달하기 위한 재미있는 스토리를 만들고, 그것을 시각적으로 어떻게 구현할지 고민하여 촬영에 들어갑니다.

▸ 나모(김남오)

긱블 채널 초창기부터 등장한 초대 메이커로, 긱블의 해결사입니다. '쓸모없는 도전은 없으니까'라는 슬로건에 걸맞게 다양한 분야에 거부감이 없으며 특히 로보틱스(리눅스, 영상 처리, 인공지능 등)분야에 높은 역량을 가지고 있습니다.

▸ 키쿠(류시욱)

긱블의 로켓맨이자 전자회로를 제작하는 전자 메이커입니다. 전자회로뿐 아니라 다양한 기술을 접목한 메이킹 경험을 보유하고 있으며 특히 우주, 항공에 대해 관심이 많습니다. 화학, 목공, 용접 등 메이킹의 올라운더 역할을 맡고 있습니다.

목차

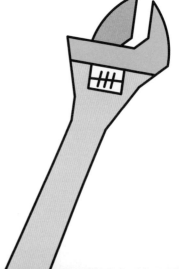

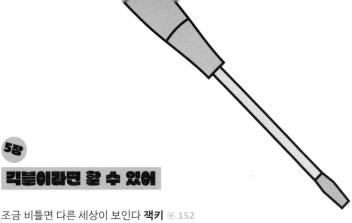

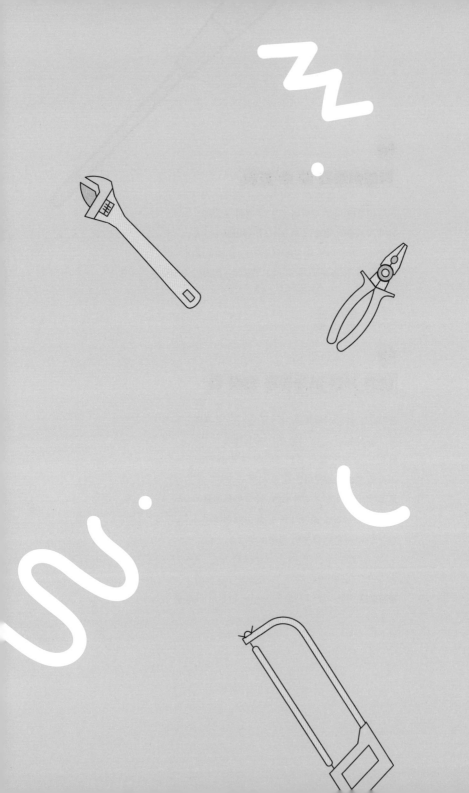

1장

치킨을 우주에 발사하면
어떻게 될까?

혹시 모르니까 해 보자!

태정태세의 한마디

긱블(Geekble)이라는 이름은 괴짜를 뜻하는 영어 단어 'Geek'과 가능하다는 뜻의 영어 단어 '-able'을 합쳐 만들어 낸 단어입니다. '괴짜는 무엇이든 할 수 있다'는 메시지를 던지고 싶었죠. 긱블은 도대체 무엇을 하는 곳일까요? 긱블의 이야기를 귀 기울여 들어주세요. 보물을 발견할지도 몰라요!

"치킨을 우주로 발사했다가 먹어 보면 어떨까요?"

이런 질문을 던진다면 사람들은 어떻게 대답할까요? '치킨을 우주에 어떻게 발사해?' 혹은 '배달 앱으로 주문하면 되는데 치킨을 뭐하러 그렇게 어렵게 먹어?'라고 생각하는 사람이 많을 것 같습니다. 익숙한 일상에서 벗어나 엉뚱한 시도를 하려고 할 때 사람들은 그게 불가능한 이유를 먼저 떠올립니다. 혹은 그렇게 해 봤자 무슨 의미가 있느냐고 되묻죠. 하지만 긱블이 생각하는 대답은 이것입니다.

"혹시 모르니까, 해 볼까요?"

도전하는 마음가짐이 중요하다는 말은 어릴 때부터 지겨울 만큼 듣고 자랍니다. 하지만 아무리 도전이 중요하다는 걸 알고 있어도, 될지 안 될지 모르는 일에 무턱대고 도전하는 것은 어려운 일이죠. 이때 필요한 것은 가능성이나 경우의 수를 꼼꼼히 따지지 않는 것입니다. 안 될 수도 있겠지만 그냥 '혹시 모르니까' 일단 한번 해 보는 것이 도전의 시작이거든요.

생각해 보면 우리는 숙제 하나를 하더라도 사회 문제를 해결하는 수준의 위대한 목표를 추구하는 데 익숙합니다. 무엇을 발견하거나 발명한다면 그것은 사회 변화를 이끌어 내는 혁신적인 발견이나 발명이어야 한다고 생각합니다. 그런 관점에서 보면 긱블이 하는 일은 아무도 관심을 갖지 않을 쓸모없는 도전이었을지도 모릅니다. 누군가는 그런 걸 만들 시간에 공부나 하라고 말하기도 합니다.

하지만 누가 알아주지 않는, 또 유의미한 결과로 이어지지 않는 모든 시도가 그저 시간 낭비일 뿐일까요? 쓸모 있는 물건은 이미 세상에 다 나와 있으니 마트에서 사면 되지 않을까요? 긱블은 도전의 결과물이 꼭 성공적이어야 한다고 생각하지 않습니다. 이런 발명품을 만드는 과정 자체를 즐기고, 또 그 과정을 그냥 재미있게 봐 주기를 바랄 뿐입니다.

'긱블' 하면 과학과 공학이지만, 또 다른 키워드는 역시 '도전'입니다. 긱블의 슬로건 중 하나도 '쓸모없는 도전은 없다'죠. 우리가 만드는 것들이 세상에 도움이 되면 좋겠습니다. 우리를 지켜 보는 여러분도 하고 싶은 게 있다면

치킨을 우주에
발사하면
어떻게 될까?

한번 거침없이 도전해 보라고 손을 내밀고 응원을 건네는 게 긱블의 역할이 아닐까요? 되든 안 되든 일단 생각나는 대로 움직여 보라고 말입니다. 긱블은 과학과 공학을 융합해 재미있는 일을 시도하고 그 결과를 보여 주는 채널입니다. 우리는 하는 일에 대한 자부심을 가지고 어렵게만 느끼던 과학과 공학을 누구나 즐길 수 있는 세상을 향해서 달리고 있는 중입니다.

'긱블이 하는 시도 하나하나가 누군가에게는 세상을 바꾸는 아이디어의 밑거름이 될 것'이라며, 긱블이 많은 영감을 준다는 댓글을 달아 주시는 분들도 많습니다. 우리가 하는 일이 과학과 공학의 불모지에 작은 씨앗을 하나 심는 일이라고 생각하면 설령 결과물이 성공적이지 않아도 보람찹니다. 즐겁게 지켜봐 주시는 분들 덕분에 우리도 '긱블다운 시도'의 방향성을 견고히 해 올 수 있었던 것 같습니다.

우리가 만드는 것이 꼭 거창하지 않아도 됩니다. 성공이 꼭 화려하고 멋있을 필요는 없죠. 작은 성과도 쌓이면 큰 변화로 이어질 수 있으니까요. 성공과 완벽에 집착하기보다는 자유로운 도전과 실패를 즐기며 그만큼씩 성장하는 것이 긱블이 가고자 하는 길입니다. 아무도 하려고 하지 않는 일을 하고, 혹시 모르니까 세상을 슬쩍 바꿔 보려고 시도하는 것! 이런 긱블의 엉뚱한 행보에 함께하실래요?

우주로 보낸 치킨

너무 진지할 필요 없어

민바크의 한마디

너무 진지하게 생각하지 마세요! 때로는
가벼운 마음이 여러분을 움직이게 만드는
힘이 돼 줄 거예요.

긱블에서는 잡담의 중요성을 강조합니다. 책상 앞에 앉아서 혼자 고민하거나 기획하기보다는 자유롭게 수다를 떨고, 익숙하지 않은 일을 하거나 서로의 경험을 공유하면서 아이디어가 나올 때가 더 많거든요.

"드라마를 보면 바다에 요트를 타고 나와 그 위에서 코딩하는 개발자들이 있잖아요. 멋있어 보이긴 하는데 멀미하지 않을까요? 멀미를 없애는 의자를 만들어 보면 어떨 것 같아요?"

하루는 태정태세 님이 불쑥 질문을 던졌습니다. 긱블에서는 한량처럼 잡담을 나누다가 뜬금없는 질문이 나오면 일단 PD님들이 카메라를 손에 들고, 메이커들은 각기 머리를 굴리기 시작하는 모습이 익숙해요. 어떤 주제가 던져졌으니 이제 각자 역할에 따라 가능한 경우의 수를 만들어 보는 거죠.

이때 중요한 건 안 되는 이유를 찾지 말고 그냥 하는 것입니다. 긱블이 하는 일의 대부분은 안 될 이유를 찾기 시작했다면 절대 시작하지 못했을 거예요. 예전에 메이커 팀을 이끌었을 때 강조했던 것 중 하나도 '안 될 이유 100가지 말고 가능한 한 가지에 대한 이야기만 하자'는 것이었습니다. 물론 한 가지 가능성조차 없다면 시도할 수 없겠지만, 안 될 이유보다는 어떻게 하면 되게 만들 것인지에 집중해야 길이 보이기 시작합니다.

물론 안 될 만한 이유를 엄밀히 따져 보는 비판적 사고도 필요합니다. '밸런싱 체어는 바다에서 사용해야 하니까 방수 문제를 해결하기 어렵지 않을까?' 같은 타당한 질문도 던져 볼 수 있습니다. 하지만 긱블에서는 안 될 것 같은 이유를 꼽는 것이 큰 의미가 없습니다. 이런 어려움이 있으니까 하지 말자는 결론을 내리는 것이 아니라, 그 문제를 어떻게 해결해서 가능하게 만들 것인지에 대해서만 고민하지요.

사실 우리가 무언가 만들기로 마음먹었을 때, 목표하는 기능만큼의 성능을 못 낼 때가 더 많습니다. 배 위에서 멀미를 덜 하게 만들어 주는 밸런싱 체어도 멀미를 효과적으로 잡지 못해 조금 아쉽게 마무리되었죠. 그렇지만 긱블은 완벽한 기능을 구현하여 목표를 달성했다는 아름다운 해피 엔딩을 보여 주려는 것이 아닙니다. 우리는 희박한 가능성의 끄트머리를 붙잡고 과감하게 도전하는 과정을 보여 주고 싶습니다.

　물론 '영상의 마무리가 왜 성공적인 결말이 아닌가'라는 의문을 갖는 분들도 있습니다. 그런데 사실 긱블이 만드는 작품들은 시작부터 일반적인 설계 과정과는 좀 다릅니다. 엔지니어가 실제로 어떤 쓸모를 지닌 물건을 설계하고 제작할 때는 어느 한 부품에 오류가 발생했을 때 처음으로 돌아가서 다시 설계해야 합니다. 예를 들어 어떤 회로를 만들고 전류를 흘려 봤는데 어딘가 잘못돼서 기판이 타 버리고 연기가 난다면, 스트레스를 받더라도 처음부터 다시 만들어 기판이 타지 않도록, 문제가 생기지 않도록 제대로 다시 만들어야 하죠.

　그런데 긱블은 판매를 위한 완벽한 모델을 뽑아 내는 것이 아닐 뿐더러 그렇게 체계적으로 착착 진행할 만한 시간이 없습니다. 그러니까 그냥 어떤 부품이 안 맞으면 '에이, 어떡하나' 하면서 그 자리에서 막 깎아 버리고, 탄 자리에 대충 뭐라도 덧붙여서 어떻게든 작동이 되게끔 숨만 겨우 붙여 놓죠. 물론 어떤 사람들에게는 이런 환경이 굉장히 스트레스일 수도 있습니다. 특히나 전통적인 설계를 하는 엔지니어들이 보기에는 말도 안 되는 전개죠. 하지만 긱블에서는 예상대로 되는 일보다 예상을 벗어나는 일이 더 많다는 현실을 받아들이는 유연성이 필요합니다. 제작에 성공했으면 하는 마음도 있지만, 영상 콘텐츠도 함께 만들기 때문에 작품이 실패하면 소위 말하는 '유튜브 각'이 나왔다고 속 편하게 생각해 버리기도 합니다.

"너무 진지하지 마!"

이게 우리의 모토 중 하나입니다. 어떤 일에 도전할 때 너무 거창한 결심과 목표를 가질 필요는 없다고 생각합니다. 새로운 시도가 항상 과감할 필요도 없습니다. 처음으로 자전거를 타면 넘어지는 게 당연한 것처럼 새로운 도전에 실패가 따라오는 것은 너무나 당연한 일이니까요. 처음 발을 떼는 게 가장 어려운 법이니 오히려 내가 하는 도전이 사소한 장난이고 별 것 아니라고 생각해 보는 것도 괜찮습니다. '할 수 있을까?'라는 부정적인 생각보다는 '잘 안 되면 어쩔 수 없지만 일단 해 보자!'라고 편하게 생각해야 실행에 옮길 수 있는 힘을 얻게 되기도 하니까요.

막상 일이 굴러가기 시작하면 결국 어떻게든 됩니다. 일이 계획하지 않았던 방향으로 흘러가서 오히려 생각보다 잘될 때도 있죠. 그러니까 뒷일은 그냥 우연에 맡겨 버려요. 큰마음을 먹지 말고, 작은 마음을 여러 번 먹어 보는 것입니다.

배 위에서 수평을 유지해 주는 마법의 의자

치킨을 우주에
발사하려
어떻게 될까?

쓸모없는 것을 만듭니다

나모의 한마디

만들고 싶다면 일단 만들어 봐요! 쓸모는
없다가도 생기니까요.

저는 다양한 신기술이 나올 때마다 바로 접해 보고 활용해 보는 걸 좋아합니다. 요즘은 그야말로 신기술이 쏟아지는 시대니까요. 처음에는 부족한 것 같고 잘 안 되는 것 같아도 일단 접해 보면 확장성은 무궁무진합니다. 특히 그걸 있는 그대로 쓰기보다는 한 끗이라도 비틀어 보려고 하면 좀 더 재미있는 결과물이 탄생합니다. 이를테면 '탄피 줍는 기계의 메커니즘을 활용해서 담배 꽁초를 줍게 만들어 보면 어떨까?' 하는 식입니다. 참고로 이 작품은 바퀴가 역회전하면서 자동으로 꽁초를 톡톡 쳐서 쓸어 담는 원리로 설계했는데, 실제로 만들어 사용해 보니 성능이 꽤 훌륭했답니다.

긱블에서 PD님들과 콘텐츠 회의를 할 때도 보통 같이 잡담하면서 불쑥 아이디어를 내고 발전시켜 가는 경우가 많은데, 저는 항상 기술을 뻔하게 사용하기보다는 '뭔가 이상해져야 한다!'라고 말합니다. 세상에는 이미 엄청나게 많은 지식과 기술이 있죠. 심지어 인공지능은 그 방대한 지식을 저장해 뒀다가 질문만 하면 척척 찾아 줍니다. 우리가 할 수 있는 것은 그걸 잘 조합하여 창의적으로 생각하는 일입니다. 그래서 저는 한 분야의 전문가가 되는 것도 중요하지만 그것 못지않게 얕고 넓게 다양한 경험을 하는 것도 중요하다고 여깁니다. 여러 분야를 융합해야 하는 아이디어를 떠올렸을 때, 필요한 부분이 있다면 그때그때 더 깊게 배우면 되니까요.

한번은 긱블에서 식물을 대상으로 재미있는 실험을 해본 적이 있습니다. 식물이 사람을 기억한다는 연구를 바탕으로 한 실험이었습니다. 연구의 내용은 이렇습니다. 식물을 방에 두고 여러 사람이 한 명씩 들어가서 잠시 그 앞에 서서 잎을 만지거나 관찰했다고 합니다. 그리고 그중 한 명만 식물의 잎을 찢었습니다. 다음 날, 같은 사람들이 똑같이 한 명씩 방에 들어가 식물 앞에 섰더니 식물이 잎을 찢은 사람을 기억하고, 그 사람이 앞에 섰을 때만 특정한 전기 신호를 방출했다는 결과였습니다.

처음에는 식물이 사람을 알아본다는 게 말도 안 된다고 생각했습니다. 눈이 달린 것도 아니고 냄새나 촉각을 느끼는 것도 아닌데 어떻게 그럴 수가 있을까요? 어쩔 수 없죠. 궁금하다면 직접 해 보는 수밖에. 보통의 학자라면 식물의 전기적 신호를 측정하여 수치와 그래프로 결과물을 정리해 보여 줄 테지만, 우리는 식물에게 칼을 든 로봇 팔을 붙이고, 발생한다는 전기 신호를 이용해서 칼을 휘두르게 만들기로 했습니다. 정말 식물은 자신을 괴롭힌 사람을 알아볼까? 흥미진진했습니다.

우리는 그대로 실험을 재현했습니다. 3일간 5명의 사람이 한 명씩 방에 들어가 식물 옆에 서 있고, 그중 한 명만이 식물의 잎을 찢었습니다. 그리고 식물의 전기적 신호를 센서가 인식하여 물리적으로 움직일 수 있도록 로봇 팔을 만들어 붙여 주었죠. 며칠 뒤에 다시 똑같은 사람들이 들어가 한 명씩 식물 앞에 섰습니다. 결과는 어땠을까요? 놀랍게도 식물은 잎을 찢은 사람 앞에서만 칼을 든 로봇 팔을 휘둘렀습니다. 영상으로 결과를 확인한 댓글 반응도 폭발적이었습니다. 단순히 식물에게도 지성이 있다거나, 전기적인 반응이 일어난다는 결론을 내는 것보다는 그걸 칼을 휘두르는 모습으로 표현했다는 점이 보는 분들에게도 직관적으로 와 닿았던 것 같습니다.

사실 그냥 과학자라면 식물의 전기적 신호를 측정하고 기록하기만 해도 됩니다. 하지만 여기에 로봇 팔을 붙여서 움직이게 해 보겠다는 발상은 오히려 그 분야의 전문가가 아닌 긱블이라서 가능했다고 생각합니다. '말도 안 되는 소리'라고 넘기거나 '그런 걸 실험해서 뭐해?'라며 실용성만 따졌다면 이렇게 재밌는 결과물을 볼 수 있었을까요?

긱블은 "쓸모없는 것을 만듭니다."라는 슬로건을 내걸고 있지만, 제가 생각했을 때 세상에 쓸모없는 것은 없습니다. 하다못해 물수제비 기계도 물수제비라는 쓸모가 있죠. 물론 인간은 대부분의 일을 직접 할 수 있습니다. 그런데 영화 〈스타워즈〉를 보면 공항에서 사람을 자동으로 따라가는 캐리어 로봇이 나옵니다. 군이 필요할까 싶지만, 손으로 옮길 수 있는 캐리어를 자동화한다면 어쨌거나 하나의 기능은 가지고 있는 셈입니다. 그건 쓸모가 없는 물건일까요, 있는 물건일까요? 정답은 없습니다. 그래서 우리는 그냥 만듭니다. 생각나는 걸 일단 만들어 보면, 그걸 필요로 하는 누군가를 만났을 때 쓸모는 저절로 찾아지는 법이니까요.

자신을 괴롭힌 사람을 알아보는 식물

현실적으로 가능해?

갈퀴의 한마디

여러분도 가끔 엉뚱한 상상을 떠올릴 때가 있나요? 긱블의 쓸모없는 도전은 그 허무맹랑해 보이는 엉뚱한 상상에서 시작된답니다. 어떻게 긱블에선 엉뚱한 상상이 현실이 되는 걸까요?

치킨을 우주에
발사하면
어떻게 될까?

생각해 보면 우리는 세상을 향해, 또 스스로를 향해 '현실적으로 가능한가?'라는 질문을 자주 합니다. 현실적이라는 한계선은 누가 긋는 것일까요? 물론 현실적인 실현 가능성에 대한 질문은 어떤 일의 가능성과 효율성을 높여 줄 수도 있지만, 반대로 생각하면 기존에 해 오던 틀 밖으로 벗어나지 못하게 하는 벽이 되어 버릴 수도 있습니다.

메이커 키쿠 님과 함께 진행했던 콘텐츠 중에 '강의실로 데려다주는 침대'가 있었습니다. 처음 나온 질문은 단순했습니다. 대학생들이 제일 불편해하는 건 뭘까? 키쿠 님과 저는 '등교'를 떠올렸습니다. 포근한 침대에서 일어나 학교 교실 의자에 앉기까지가 매우 귀찮은 일이라는 것에 여러분도 공감하겠죠? 기숙사에 사는 대학생들 중에도 침대 밖으로 나와 강의실에 가는 것을 귀찮아하는 사람이 많습니다. 이 불편함을 해결하기 위해서는 어떤 게 필요할까요? 이 단계에서 긱블은 생각나는 대로 뭐든지 뱉어 봅니다. 대신 출석해 주는 로봇을 만들까? 알람보다 강력하게 깨워 주는 로봇은 어떨까? 그러다가 나온 아이디어가 자고 있는 동안 그대로 강의실까지 데려다주는 침대를 만들어 보자는 것이었습니다. 그럼 순간 이동을 한 것처럼 자고 일어나면 강의실에 도착해 있을 테니까요!

이 아이디어가 황당하다고 생각하는 분들도 많을 것입니다. 그게 가능한가? 아니, 애초에 실효성이 있는 건가? 그런데 기술적으로 충분히 구현이 가능하면서 비용도 합리적이고 실용적인 것들은 이미 세상에 존재합니다. 그러니 기술적으로 불가능해 보이는 것을 가능하게 만들면 세상에 없던 새로운 쓸모 있는 것이 탄생하게 되는 것이죠. 그래서 우리는 현실적인 난관이나 어려움은 생각하지 않고, 단순하게 기술적으로 어떻게 가능하게 만들 것인지에 대해서만 생각합니다.

기술의 한계에 부딪혀서 탄생하지 못했던 기존 제품도 조금만 틀어서 생각해 보면 엉뚱한 방식이더라도 실현 가능할 때가 있습니다. 기술적으로는 가능하지만 비용이나 행정적 어려움 때문에 만들어지지 못한 것들도 어차피 당장 제품으로 만들어서 판매할 게 아니라면 시험 삼아 한번 만들어 볼 수 있죠. '이런 이유로 만들지 않았다'는 근거가 있는 것들도 긱블에서는 실패가 예상되더라도 일단 도전해 봅니다.

누구나 한 번쯤은 내 삶의 편의를 위한, 혹은 그저 재미를 위한 엉뚱한 물건을 상상해 보기 마련입니다. 예를 들면 여러분도 '아, 머리 감기 귀찮다. 누가 나 대신 머리 좀 감겨 주면 안 되나?'라는 생각을 해 봤을 것입니다. 판타지 세계라면 마법으로 해결할 수도 있겠지만 현실에서는 대부분 상상에 그치죠. 하지만 그걸 어떻게든 현실에서 실현하는 사람들이 바로 긱블입니다. 우리는 물로 옷을 빨아 주는 세탁기의 원리를 참고해 실제로 머리를 감겨 주는 기계를 만들었습니다. 정수기 통에 회전 장치를 달고, 그 통을 머리에 뒤집어쓰면 큰 팬이 돌아가면서 머리를 씻겨 주는 기계입니다. 실제로 매일 쓰려면 엄청난 보완이 필요하지만요…….

물론 만들어지지 않는 제품에는 그럴 만한 현실적인 이유들이 있을 것입니다. 그래서 긱블이 만든 '머리 감겨 주는 기계'도 실은 매우 불편하고 비효율적인 '쓸모없는 것'입니다. 하지만 우리가 쓸모없어 보이는 작품을 만드는 이유는, 우리의 작고 엉뚱한 시도들이 누군가에게는 영감이 되고 울림이 될 수 있다고 믿기 때문입니다. 긱블의 도전을 본 누군가는 긱블보다 더 나은 방법을 떠올리고, 그게 언젠가는 정말 쓸모 있는 큰 변화의 씨앗이 될지도 모릅니다. 결국 쓸모없는 작품이 쓸모 있는 것을 만들어 내는 출발점이 되는 셈입니다.

실제로 긱블에서 만드는 작품들은 생활 속 불편함이나 단순한 상상에서부터 시작하는 경우가 많습니다. 공원에서 친구와 농구 대결을 하다가 '덩크 슛을 멋지게 쏴서 다 이겨 버리고 싶다!'라는 생각이 들면 덩크 슛을 쏘게 해 주는 장치를 만들어 보자는 식으로 아이디어가 발전합니다. 그리고 그 아이디어에 핀잔을 주는 것이 아니라 동조하는 동료들이 하나둘 생기기 시작할 때, 아이디어는 무서운 추진력을 얻고 금방 작품으로 옮겨지죠.

현대 사회를 살아가는 우리들은 다들 주어진 현실을 살아가기 바쁩니다. 하지만 저마다 마음 속에 작은 꿈이나 엉뚱한 상상 하나쯤은 품고 있지 않을까요? 긱블은 그 엉뚱한 상상을 현실로 만들어 보여 주려고 합니다. 그런 긱블의 쓸모없는 도전과 시도를 지켜보며 많은 분들이 대리 만족을 하고 일종의 쾌감을 느끼기도 합니다.

설령 실패하더라도 그 과정에서 우리는 무언가를 배웁

니다. 실패 과정을 영상으로 만들어 올리면 실패한 게 무슨 의미가 있느냐고 의구심을 갖는 분들도 있습니다. 성공만을 원한다면 과감한 도전은 하지 않는 편이 나을 수도 있습니다. 하지만 도전하는 그 과정 자체에서 의미를 찾을 수 있다면 과감한 도전도 두렵지 않습니다. 실패를 하더라도, 적어도 값진 경험이 남을 것이란 확신이 있기 때문입니다. 여담이지만, '머리 감겨 주는 기계'마저 작년에 〈유 퀴즈 온 더 블럭〉에서 조세호 씨에게 시연해 보는 쓸모를 얻었답니다.

그래서 긱블에서는 실패하더라도 기록을 남기고, 실패 과정에서 누군가를 탓하지 않고 그 자체를 즐깁니다. 긱블이 추구하는 여러 슬로건 중 하나가 이것입니다.

"불편함을 즐길 줄 아는 사람이 되자!"

무엇을 더 낫게 만들고 개선하고자 할 때 그 출발점이 되는 건 바로 불편함을 인식하는 것입니다. 아무도 불편함을 말하지 않고 그저 참고만 있다면 발전이나 진보는 일어나기 어렵습니다. 그래서 긱블은 불편한 걸 불편하다고 말할 수 있는 문화를 추구합니다. 더 나아가 불편함은 개인과 회사의 발전을 위한 씨앗이라고 여깁니다.

변화가 두려워 불편함을 그저 참고 견디거나 제자리에 멈춰 있다면 성장도 발전도 일어날 수 없습니다. 그러니까 현실적인 가능성 따위는 잊어버리고 일단 도전하세요! 아무 것도 하지 않으면 아무 일도 일어나지 않습니다.

등교하기 진짜 귀찮아서 만든 등교 침대

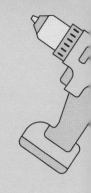

2장

까짓것, 만들어 보자!

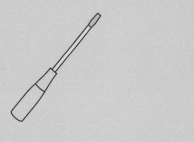

물수제비를 100번 날릴 수 있는 기계

잭키의 한마디

무엇이든 좋아한다면, 무엇을 하든 덕업
일치가 될 수 있습니다.

까짓것,
만들어 보자!

여러분은 물수제비를 잘하시나요? 유튜브에서 다양한 잡학 지식과 과학 이론을 다루는 '사물궁이 잡학지식'이라는 유튜버가 물수제비를 몇천 번 날릴 수 있는 이론에 대한 콘텐츠를 소개한 적이 있습니다. 과학적 측면에서 물수제비가 날아가는 원리를 설명하면서 '그 실현은 긱블이 해주겠죠?'라는 멘트를 남겼죠. 우리도 그 도발 아닌 도발을 유쾌하게 받아들였습니다. 긱블이 아니면 누가 물수제비 날리는 기계를 만들어 내겠습니까? '우리가 한번 만들어 보자!'라며 실제로 물수제비를 100번쯤 날릴 수 있는 기계를 만들어 보기로 했죠.

돌을 던져 줄 수 있는 기계는 뭐가 있을까? 대포? 그렇다면 요즘 시대에 우리가 접할 수 있는 대포는 뭐지? 그렇게 꼬리를 물며 정보를 찾다 보니 견인포라는 게 있었습니다. 이걸로 큰 틀을 잡아 구체적으로 만들어 가면 재미있지 않을까 싶었습니다.

물수제비를 던지는 방법에 대해서도 고민했습니다. 물

☞ 견인포: 스스로 움직일 수 없어 사람이나 동물, 차량을 이용해 이동해야 하는 화포. 스스로 이동이 가능한 자주포와 반대되는 개념.

수제비 던지는 방법이 뭐지? 생각해 보니, 물수제비를 던질 때 중요한 것은 적당히 납작한 돌과 던질 때 돌에게 주는 손목 스냅, 그리고 돌을 던지는 각도였습니다. 파악한 내용을 토대로 세로 각도를 조정하는 장치, 가로 각도를 조정하는 장치 등을 하나하나 만들어 냈습니다. 물론 중간에 용접기가 터지는 문제도 발생했습니다. 엉뚱한 작품이라도 최대한 좋은 품질로 만들고 싶었기에 많이 속상했지만…… 어쩔 수 없이 지저분하게 용접이 되는 다른 용접기로 제작을 마무리했습니다. 색을 칠하면 되니까요! 멋진 밀리터리 스타일로 도색까지 하며 며칠을 고생하여 최종적으로 물수제비 기계를 완성시켰습니다.

기계를 완성했으면 실제로 물수제비를 던져 봐야겠죠? 그런데 물수제비 기계를 완성했을 때가 하필 장마 기간이었습니다. 매일 비가 오는 와중에 때를 기다리다가 기적처럼 날씨와 상황이 맞아떨어지는 날, 드디어 기계를 들고 하천 앞으로 나갔습니다. 사실 당장 큰 기대는 없었습니다. 아무리 머리를 싸매고 열심히 만들고 시뮬레이션해 본 기계라고 해도 실제로 현장에 나가 보면 다양한 변수가 작용하여 안 되는 것들 투성이니까요. 안 되면 그 이유를 파악해서 고치면 그만이니 큰 걱정도 없었습니다.

그런 마음으로 하천 앞에서 물수제비 기계를 작동시켰는데, 웬걸. 딱 한 번 만에 물수제비가 하천 반대쪽까지 통통 튕겨 나갔습니다. 단번에 성공했을 때의 그 희열이란! 주변에서 구경하던 사람들도 감탄하고, 그 모습이 영상에도 생생하게 담겨 300만이 넘는 조회 수가 나왔습니다. 덕분에 제게 이 물수제비 기계는 지금까지도 기억에 남을 만큼 즐거운 추억이 됨과 동시에 고통을 남긴 기억이 되었습니다. 왜 고통이냐고요? 이 물수제비 기계를 만들다가 실수로 손가락이 잘렸기 때문입니다.

물론 바로 병원에 가서 수술을 받았고, 지금 손가락은 다행히 제 손에 잘 붙어 있습니다. 당시 제가 응급차에 실려 손가락을 부여잡고 유쾌하게 웃고 있는 사진이 지금도 남아 있습니다. 손가락뿐 아니라 크고 작은 부상을 입는 게 일상일 정도이니 어떻게 보면 궂은 일이라고도 할 수 있겠지요. 그럼에도 저는 이 일이 즐겁습니다.

만약 조직의 상사가 뭔가를 만들라고 지시해서 만들어야만 한다면, 제 손가락이 잘려도 하나의 해프닝으로 웃어 넘길 만큼 즐겁게 일할 수 있었을까요? 이 일을 왜 해야 하는지 모른다면 며칠 밤낮을 꼬박 샐 만큼 열정을 불태울 수 있을까요? 누가 시키지도 않았는데 굳이 뜨거운 불꽃 앞에서 용접을 하거나, 먼지가 풀풀 날리는 작업장에서 몸을 쓰는 것은 애정 없인 할 수 없습니다. 바로 이 마음이 긱블이 나아갈 수 있는 가장 중요한 원동력입니다.

물론 현실적으로 사람이 좋아하는 일만 할 수는 없습니다. 긱블도 마찬가지입니다. 회사는 성장해야 하고, 성장하려면 하고 싶지 않아도 해야 하는 일이 생기면서 괴로울 때도 있습니다. 하지만 그렇다고 재미없고 싫어하는 일만 지속해야 한다면 고통스럽겠죠.

그럴 때 간단하게 해결할 수 있는 방법이 하나 있습니다. 그 일을 내가 좋아하는 일의 영역에 어떻게든 집어넣거나 연결하는 방법입니다. 저는 자동차 외에도 많은 것을 좋아하고, 또 좋아하려고 노력합니다. 악기, 그림, 음악, 만드는 것, 스노보드, 서핑, 전기 자전거, 픽시 자전거, 묘기용 자전거……. 제 관심사는 온갖 곳으로 뻗어 나가 있습니다. 좋아하는 것들의 범위를 최대한으로 넓혀 놓으니 사람들이 어떤 아이디어를 던지더라도 조금만 비틀면 내가 좋아하는 형태가 됩니다. 그렇게 발상을 조금씩 바꿔 내가 애정을 쏟을 수 있는 형태로 만들면, 조금 하기 싫은 일이라도 즐겁게 할 수 있습니다.

좋아하는 것은 단지 취미에 그쳐야 할까요? 요즘 주변을 보면 진심을 다해 끝까지 노력하는 사람들이 많이 줄어들었다는 느낌이 듭니다. 좋아하는 일이 있더라도 그것은 일과 별개라고 생각하거나, 내가 좋아하는 일이 나의 미래에 '약'일지 '독'일지 고민하느라 더 깊게 파고들지 못하는 것 같습니다. 열심히 공부해야 좋은 대학에 가고 돈을 벌어서 먹고 살 수 있는데 즐겁기만 한 게 무슨 의미가 있느냐고 생각할지도 모릅니다. 그런데 저는 이 세상의 어떤 분야라도 정말 깊게 좋아하고 진심을 다하다 보면 좋아하는 일로 돈을 벌 수 있는 지점이 생겨난다고 확신합니다.

긱블 팀원들도 이런 엉뚱한 작품을 만들어서 먹고살 줄 알았을까요? 사실 아직도 '대체 누가 쟤들에게 월급을 주는 거냐'면서 의문을 품는 댓글도 많이 달립니다. 하지만 우리는 '물수제비 100번 날릴 수 있는 기계'를 만들면서 먹고 살고 있습니다.

어른이 되면 긴 시간을 직장에서 일하면서 보냅니다. 그 긴 시간 동안 하기 싫은 일만 해야 한다면 지옥일 것입니다. 그러니 좋아하는 일을 너무 쉽게 포기하지 마세요! 스스로 좋아하는 영역을 확장하고 내 일을 사랑할 수 있다면, 그게 바로 그 일을 더 잘하는 방법이자 내가 더 행복해지는 방법이니까요.

궁극의 물수제비 기계

까짓것,
만들어 보자

물수제비 키트를 제작하다!

갈퀴의 한마디

물수제비 기계 제작 이야기 재미있게 보셨나요? 그런데 이게 끝이 아니었습니다. 몇 개월 전, 긱블에서 물수제비 제작 키트를 출시한 것이죠! 어떻게 키트까지 제작하게 되었는지 궁금하지 않나요?

메이커 잭키 님의 이야기처럼 많은 메이커들이 기억에 남는 콘텐츠로 꼽는 물수제비 기계의 발단은 유튜브 '사물궁이 잡학지식' 채널의 귀여운 도발이었습니다. 그 도발을 받아들이고 얼마 뒤 물수제비의 과학적 원리를 기반으로 물수제비 날리는 기계를 만들어 멋지게 성공했을 때, 그 자리에 있던 모두가 짜릿한 쾌감을 느끼며 환호했지요.

그리고 거기에서 한 발 더 나아간 것이 바로 물수제비 키트 제작이었습니다. 물수제비 영상은 공개된 지가 약 3년 전인데도 불구하고 최근까지 꾸준히 기억하고 사랑해 주시는 분들이 많았습니다. 영상을 보신 많은 분들이 직접 사용해 보고 싶다는 요청을 해 주셔서, 개개인이 직접 만들고 사용할 수 있도록 세상 어디에도 없는 물수제비 기계를 작은 사이즈의 키트로 만들기로 한 것입니다. 구독자분들께서 영상을 보기만 하는 게 아니라 실제로 계곡이나 물가에 놀러 가 즐길 수 있다면 좋겠다는 생각이 있었는데 실제로 키트를 제작해 출시하게 되니 감회가 새로웠습니다.

다행히 구매하신 분들의 반응도 좋았습니다. 긱블 메이커들도 3~4시간을 투자해 만들 만큼 난이도가 있었는데도 대부분 만드는 과정까지 포함하여 즐겨 주셨죠. 전국에서 많은 분들이 '조립 과정도 재미있었다', '여름에 계곡에서 노는데 너무 즐거웠다'며 후기도 빼곡하게 남겨 주었습니다. 시청자 댓글을 통해, 혹은 여러 행사나 오프라인에서 만나는 분들에게 응원 말씀이나 잘 봤다는 말을 들을 때마다 힘을 많이 받습니다. 영상에 대한 비판이나 각자 보태 주시는 의견도 감사하게 생각하는 편입니다. 그런데 댓글에서 더 나아가 영상에 나온 작품을 함께 경험하고 공감할 수 있다는 건 더욱 오묘하고도 벅찬 경험이었습니다.

물수제비 기계 영상을 만들던 당시에는 그저 재미였을 뿐, 3년 후의 일까지 생각한 건 아니었습니다. 그런데 그 당시 정말 공들여 촬영하고 만들었던 콘텐츠가 실제로 많은 분들에게 영향을 미치게 되었다는 것이 너무나 신기했습니다. 실물 키트를 통해 '과학과 공학을 사람들에게 재미있게 소개하고 음악이나 스포츠처럼 취미로 즐길 수 있도록 만들고 싶다'는 긱블의 목표에 한 발짝 다가갈 수 있지 않았나 싶습니다.

저도 학교에서 과학과 공학을 공부할 때 어렵고 재미

없다고 느낀 적이 있기 때문에 과학과 공학을 어려워하는 분들이 많다는 걸 압니다. 하지만 교과서를 벗어나 실제로 과학과 공학을 통해 무언가를 만들고 조립하다 보면 꼭 어렵지만은 않습니다. 철수와 영희가 각자 얼마의 속도로 달리기를 했을 때 누가 몇 분 빨리 결승점에 도착했는지 맞추는 것이나, 물 몇 리터에 소금물 몇 그램을 희석했을 때의 질량을 구하는 것만이 수학의 본질이 아닌 것처럼 말입니다.

우리는 재미있는 영화를 보고 나면 친구와 인상 깊었던 장면에 대해 이야기하고, 기가 막힌 스포츠 경기를 보고 나면 다음날 학교 친구들이나 직장 동료들과 함께 그 경기에 대해 신나게 떠들어 댑니다. 아마도 같은 경험을 공유하고 싶기 때문일 것입니다. 배우나 축구선수가 되기는 어려워도, 누구나 충분히 영화나 스포츠를 즐길 수 있죠.

긱블은 과학과 공학도 마찬가지라고 생각하고 이를 재미있게 경험할 수 있는 기회를 늘리기 위해 노력하고 있습니다. 누구나 각자 좋아하고 잘하는 분야가 있겠지만 크리에이터는 그걸 대중에게 어떻게 더 쉽고 친근하게 전달

까짓것,
만들어 보자

할 수 있을지 고민하는 사람입니다. 그래서 긱블도 한 분야의 전문가가 되는 것을 넘어 그 분야에 대해 잘 모르는 사람들과도 재미있게 소통할 수 있는 우리만의 방식을 만들어 가고 있습니다.

우리가 과학과 공학을 즐기는 모습을 진솔하게 전하다 보면 더 많은 사람이 '재밌겠는데? 나도 친구랑 물수제비 좀 날려 볼까?'라며 자연스럽게 동참할 수 있지 않을까요? 그러다 보면 어느새 깨닫게 될지도 모릅니다.

뭐야, 나 과학이랑 공학 좋아했네?

물수제비 키트 출시!

문과와 이과의 대결, 누가 이길까?

갈퀴의 한마디

물수제비 기계와 더불어 긱블에서 인기 있었던 콘텐츠 중 하나는 '문과vs이과'입니다. 하나의 문제 상황을 두고 문과와 이과가 저마다의 접근 방식으로 대결하는 콘텐츠죠. '문과vs이과' 콘텐츠는 어떤 과정을 거쳐 탄생하게 된 걸까요?

까짓것,
만들어 보자!

여러분, 질문이 있습니다! 완전히 동일한 크기와 무게의 유리구슬 2개를 위치만 바꿔 가며 반원 모양의 빗면 위에 놓는다면, 두 구슬은 각각 어느 위치에서 만나게 될까요?

무슨 말이냐구요? 이 질문은 수학과 물리학에 중요한 의미를 갖는 오래된 질문입니다. 이에 대한 실험을 직접 진행해 봤던 콘텐츠가 '사이클로이드' 편이었습니다. 사이클로이드Cycloid는 직선 위로 원을 굴렸을 때, 원 위의 정점이 그리게 되는 곡선을 말합니다. 언뜻 보기에는 대충 그은 곡선처럼 보이지만, 사실 이 곡선은 굉장히 재미있는 비밀을 가지고 있습니다. 바로 사이클로이드 곡선 위에서는 어떤 위치에 공을 놓더라도 바닥에 도달하는 시간이 항상 같으며 직선일 때보다 공이 더 빠르게 바닥에 도달하게 된다는 점입니다.

이 사이클로이드의 재미있는 특성을 시청자들에게 어떻게 전달할 수 있을까 고민했던 것이 긱블의 사랑받는 시리즈 중 하나인 '문과vs이과'의 시작이었습니다. 단순히 사이클로이드에 대한 지식과 정보를 전달하는 교육 영상은 긱블보다 더 잘 만드는 채널들이 많을 것이라 생각했습니다. 그렇다면 긱블은 뭘 해야 재미있을까? 저는 이 흥미로운 수학적 사실을 두고 '문과와 이과의 사고방식 차이'라는 구도를 추가해 보기로 했습니다. 흔히 문과와 이과는 사고방식 자체가 달라 서로를 좀처럼 이해하지 못한다고들 합니다. 이런 사실이 온라인상에서 밈meme으로도 만들어지며 화제된 적도 있습니다. 그래서 사이클로이드라는 수학적 개념을 두고 문과와 이과가 대결을 펼치면 재미있을 것 같다는 생각이 들었습니다.

사이클로이드 곡선 위에서는 두 공의 무게 차이가 있더라도 바닥에 도달하는 시간은 항상 같다는 점을 이용하여 문과생인 태정태세 님을 놀려 보기로 했습니다. 저는 태정태세 님에게 다양한 무게의 구슬 중에서 원하는 구슬을 고르게 했습니다. 그리고 저와 동시에 사이클로이드 곡선 위에 구슬을 굴렸을 때 태정태세 님의 구슬이 먼저 결승지점에 돌아오면 승리라고 설명했습니다.

사실 이 말에는 함정이 있습니다. 사이클로이드 곡선 위에서는 어떤 위치에 구슬을 놓더라도, 구슬의 무게가 다르더라도 바닥에 도달하는 시간이 모두 같기 때문에 절대 태정태세 님의 구슬이 먼저 도착할 수 없습니다. 저는 승리를 맛볼 기쁨에 가득 차 구슬을 굴렸습니다. 그런데 속도 측정 결과, 태정태세 님의 구슬의 속도가 더 빨랐습니다. 이게 어떻게 된 일인지……. 결국 저는 태정태세 님에게 피자를 사 드려야 했습니다.

정확한 사이클로이드 곡선을 만들지 못해 생긴 결과였습니다. 비록 내기에서는 실패했지만, 재미있는 콘텐츠를 만드는 것은 대성공이었습니다. 이과 친구는 사이클로이드의 물리적, 수학적 성질을 근거로 이를 가지고 문과 친구를 골탕 먹일 수 있을 것이라고 확신하지만, 정작 사이클로이드에 대해서 아무것도 모르는 문과 친구가 그저 직관과 재치만을 가지고 이과 친구에게 통쾌한 한 방을 먹여 버리는 영상. 이 새로운 구도의 영상을 접한 시청자들은 흥미로운 물리적 현상에 관심을 가지면서 이과가 설계한 게임판에서 이 현상이 어떻게 작용할지 궁금해하며 흥미롭게 지켜봐 주었습니다.

사이클로이드 편을 시작으로 만들어진 다양한 주제의 '문과vs이과' 시리즈는 시청자들에게 오랫동안 꾸준히 사랑을 받았습니다. '문과vs이과'는 아무런 연출 없이 실제로 일어나는 대결 상황을 그대로 촬영하는 콘텐츠이기 때문에 어떻게 흘러갈지 예측할 수가 없습니다. 그래서 촬영 전에 철저한 준비와 시뮬레이션이 필수죠. 특히나 사이클 로이드 편은 '문과vs이과' 시리즈 형식이 완전히 자리 잡기 전이었기 때문에 거의 밤을 새워 실험 장치를 제작하고 시뮬레이션을 했던 기억이 납니다. 그래서인지 지금 영상을 다시 보면 제 모습이 왠지 모르게 초췌해 보이는 것 같기도 합니다…….

물론 열심히 기획해서 새로운 시도를 했는데 막상 반응이 적어서 아쉬운 영상들도 있습니다. 아니, 솔직히 말하자면 한두 개를 꼽기 어려울 정도로 많습니다. 개인적으로는 실패한 콘텐츠 중에서 '관계 맺기' 편에 애정이 있습니다. 과연 '끼리끼리 만난다'라는 말이 과학적인 근거가 있는지, 뇌과학적인 측면에서 인간의 본능과 행동을 분석하기 위해 실험 참가자들과 함께 일종의 사회과학 실험을 진행했던 콘텐츠였습니다. 콘텐츠 공개 후 댓글 반응도 좋았지만, 조회 수가 낮아 2, 3편으로 이어지지는 못했죠.
조회 수가 저조하면 당연히 아쉬운 마음이 들지만, 그 때문에 크게 속상해 하거나 좌절하지는 않습니다. 조회 수를 떠나 내가 최선을 다했고 긱블의 의도와 메시지가 사람들에게 잘 전달되었다면 충분히 의미 있는 영상이라고 생각합니다. 또한 긱블의 모토인 '쓸모없는 도전은 없다'는 메이킹에만 국한되는 이야기가 아닙니다. 각자가 자신의 위치와 분야에서 쓸모없는 도전을 하고, 수많은 실패를 겪고, 그 과정을 통해 성장해 갑니다. PD들도 마찬가지입니다. 늘 하던 구성, 늘 하던 방식으로만 영상을 만드는 것이 아니라 항상 새로운 구성, 새로운 콘텐츠를 고민하기 때문에 실패하거나, 조회수가 많이 나오지 않아서 아쉬운 영상들이 생기는 것은 자연스러운 일입니다.

그래도 그런 시도를 하지 않으면 더 나은 발전을 도모할 수 없습니다. 실패를 통해 영상을 시청하는 분들이 원하는 것을 더 잘 이해하고 하나의 데이터를 쌓을 수 있다면 그걸 마냥 실패라고만 볼 수는 없지 않을까요? 이렇게 쌓인 데이터베이스를 기반으로 다음에는 분명 더 재밌고 흥미로운 영상을 기획하는 데 한 걸음 가까워질 수 있을 테니 말입니다.

물리학적으로 이길 수밖에 없는 내기

실패할 가능성이 더 높은 400시간의 실험

키쿠의 한마디

세상은 꿈꾸는 자의 것!

까짓것,
만들어 보자!

과학계에는 과학계의 슈퍼 히어로라고 할 수 있을 만큼 엄청난 역할을 하는 '초전도체'라는 게 있습니다. 이것만 있으면 핸드폰만 한 슈퍼 컴퓨터를 만들 수도 있고, 비행기보다 빠른 기차를 만들 수도 있죠. 대단하지 않나요? 지구상의 에너지 문제를 해결할 수도 있어 만능 키나 마찬가지입니다. 대신 중요하고도 아주 어려운 조건이 있습니다. 그건 바로 영하 200도 이상의 극저온에서만 그 능력이 발동된다는 점입니다.

그런데 한국의 연구진이 극저온이 아닌 일상적인 환경에서도 발동 가능한 '상온상압 초전도체 LK-99' 개발 성공을 발표하면서 그 제작 방법까지 공개했습니다. 저는 그 발표를 보고 문득 '그렇다면 혹시 우리가 직접 만들어 볼 수 있을까?'라는 호기심이 들었습니다. 결국 긱블에서 실제로 '상온 초전도체 재현 실험'을 해 보기로 했습니다. 아무리 제조 방법이 공개되었다고는 해도 일반인이 상온 초전도체를 만든다는 게 어떻게 보면 터무니없는 도전이지만 말입니다.

결과는……! 아쉽게도, 혹은 당연하게도 실패로 끝났습니다. LK-99 자체가 학술지에도 발표되지 않은 미완성에 가까운 이론이기도 했고, 우리도 전문성이 부족하기 때문에 애초에 가능성이 매우 낮은 실험이었다고 봐야 할 것입니다. 그럼에도 우리는 진심이었고, 무려 400시간 가까이 되는 긴 시간 동안 상온 초전도체를 재현하는 실험을 집요하게 이어 갔습니다.

영상 콘텐츠는 사람들이 즐겁게 볼 수 있어야 하기 때문에 모든 과정을 일일이 담아 보여 줄 수는 없습니다. 어떤 과정은 너무 여러 번 반복되어서 지루할 수도 있고, 어떤 과정은 따분하거나 어려울 수도 있죠. 이 실험은 특히나 그런 요소가 많았습니다. 영상에는 나오지 않았지만 실제로는 일주일 동안 실험이 잘 진행될 수 있도록 아침부터 늦은 새벽까지 기계 옆에 내내 붙어 있어야 했습니다.

더 힘들었던 건 실험을 진행하는 공간이 밀폐된 부스였는데, 안전한 실험을 위해 매번 실험복, 방독면, 고글, 장갑 등 답답한 장비를 착용해야 했다는 점입니다. 밀폐된 부스에서 땀에 찬 방독면을 쓰고 실험을 진행하고, 또 촬영을 위해 큰 목소리로 설명을 진행하는 것까지 어느 것 하나 쉽지 않은 과정이었습니다. 비록 결과는 실패였지만 긴 시간 동안 공들여 진행했기 때문에 유독 기억에 남는 실험입니다.

단순히 재미있는 영상 콘텐츠를 만들기 위해서라면 이렇게까지 길고 험난한 비하인드 과정을 감수하기는 어려웠을 것입니다. 정말 상온 초전도체를 만들 수도 있을 거라는 0.1%의 기대감도 있었지만, 가장 큰 원동력은 흥미와 궁금증이었습니다. 길을 가다가 농구 골대 앞에 농구공이 떨어져 있으면 괜히 주워서 한번 던져 보는 것처럼, 과학적인 놀라운 발견과 그 가능성 앞에서 '재미있어 보이니까' 한번 시도해 보는 것입니다. 물론 그 과정에서 많은 것을 배우고 이런 작업을 전문적으로 하시는 분들에게 다시금 존경과 감사함도 느끼게 되었죠.

이렇게만 보면 긱블이 매번 어려운 논문을 읽고 거창한 실험을 하는 것처럼 보일까요? 사실 긱블은 과학과 공학에 관련된 크고 작은 모든 호기심을 아우르는 집단이라고 할 수 있습니다. 평소 사무실에서도 쓸데없는 잡담을 많이 하지만, 회식이나 워크숍에서 판을 깔아 주면 그야말로 별별 이야기가 다 나옵니다. 'MBTI의 과학적 근거', '혈액형과 성격의 관련성' 같은 주제를 가지고 때로는 그럴 듯하고 때로는 시답지 않은 기나긴 토론을 나누기도 하죠.

한번은 메이커들끼리 방탈출 게임을 하러 간 적이 있습니다. 보통 방탈출을 할 때는 상황부터 이해하고, 그 문제에 대한 해답을 찾는 게 순서입니다. 그런데 우리는 누구랄 것도 없이 이 방의 설정은 뒤로 하고 주변부터 둘러보았습니다. 공간 내에서 어떤 장치와 센서가 동작하는지 먼저 분석하고, 그 장치를 작동시키기 위해서 어떤 값을 입력해야 하는지를 역으로 추적하는 것입니다.

"여기는 RFID* 태그가 있는 위치인 것 같은데요. 코일이 들어간 카드나 태그가 장착된 물건이 필요합니다."

······ 이런 식입니다.

긱블은 과학과 공학이라는 필터를 거쳐 세상을 바라보는 사람들입니다. 세상을 읽고 이해하는 데에는 수많은 관점과 방법이 있겠지만, 과학과 공학이 때론 엉뚱하면서도 정말 재미있는 주제라는 걸 많은 분들에게 알리고 함께

☞ RFID(Radio Frequency IDentification): 사물에
고유코드가 기록된 전자태그를 부착하고 무선 신호를
이용하여 해당 사물의 정보를 인식·식별하는 기술.

즐기고 싶어요. 자신이 생각하는 바를 과학적으로 표현하고 도전하는 사람들이 많아진다면, 세상이 또 어떻게 바뀌어 갈지 생각만 해도 흥미롭습니다.

상온 초전도체 논문을 그대로 재현했습니다

다음번에는 조금 더 쉬울 거야

나모의 한마디

실패는 당연한 거예요. 실패를 통해 계속
배우다 보면 어느새 성공의 순간이 다가온
답니다.

까짓것,
만들어 보자!

영화 〈해리포터〉에는 호그와트의 신입생을 4개의 기숙사 중 한 곳으로 배정해 주는 모자가 나옵니다. 사람의 생각을 읽는 마법 모자를 만들 수는 없지만, 내가 앞으로 탈모에 걸릴지 아닐지, 탈모 여부를 진단해 주는 모자가 있다면 어떨까요? 문득 이런 아이디어가 떠올라 메이커로서 바로 제작에 들어갔습니다. 박스로 모자의 둥근 틀을 먼저 만들고, 3D 프린터를 이용하여 전반적인 형태를 잡아 주었죠. 거기에 두피 온도를 측정할 수 있는 기능을 넣고, 얼굴 근육처럼 움직일 수 있는 부품과 목소리를 낼 수 있는 MP3 모듈을 추가하여 가죽을 덮어 주니 오오……. 일단 겉모습은 그럴 듯 했습니다.

보통의 엔지니어 회사라면 어떤 하나의 제품을 만들기 위해 각 분야의 전문가들이 단계별로 자신의 전공 분야를 맡습니다. 자동차를 만든다면 바퀴 전문가가 바퀴를 만들고, 엔진 전문가가 엔진을 만드는 식이죠. 하지만 긱블에서는 메이커 한 명이 처음부터 끝까지 모든 과정을 다 진행하기도 합니다. 탈모를 진단해 주는 모자에는 가죽 공예, 설계, 3D 프린팅, 로봇 제어, 전기 회로까지 다양한 기술이 적용됐습니다. 개인적으로 첫 작품이었다 보니 더 많은 시간과 공을 들였고, 막히는 부분이 생기면 여러 날 밤을 새면서까지 거듭 시도했습니다.

기술적인 부분뿐 아니라 모자의 겉모습을 담당하는 가죽을 고르는 것도 쉽지 않았습니다. 적절한 가죽 소재를 찾으려고 동대문 원단 시장을 돌아다녔는데, 처음 사 온 가죽은 너무 단단해서 모양을 잡기가 힘들었고 두 번째로 사 온 가죽은 막상 사 와서 보니 색깔이 영 아니었죠. 세 번째로 원단 시장을 다 돌아본 끝에 겨우 딱 맞는 원단을 구해 모자를 완성할 수 있었습니다.

모든 분야에 전문적인 깊이가 있는 건 아니다 보니 당연히 어설픈 부분도 있지만, 중요한 건 끝까지 해내는 것입니다. 결국 완성품을 만들어 내고 긱블 팀원들이 불러 모아 한 명씩 모자를 씌워 보았습니다. 모자는 '평생 풍성한 머리카락을 지니고 살아갈 수 있다'는 희망찬 메시지부터 '유전의 힘은 거스를 수 없다'는 탈모 진단까지 야무지게 뱉어 냈습니다. 이 모자 때문에 슬퍼진 사람도 있지만……. 이거 하나로 몇 시간은 유쾌하게 촬영하고 영상으로도 담아낼 수 있었습니다.

재미있는 결과물이 제법 수월하게 나올 때도 있지만 사실 긱블의 영상에 담기지 않은 실패들도 무수히 많습니다. 실은 거의 70~80% 이상의 작품이 실패를 거치죠. 그런데 다른 긱블 메이커들도 마찬가지지만 저 역시 실패에 크게 스트레스를 받지 않습니다. 안 되는 걸 발견해야, 그 부분을 해결해 성공하는 방법을 찾아낼 수 있으니까요. 로봇이 내가 짜 놓은 코드대로 움직이지 않을 때 '왜 그럴까?' 원인을 찾는 데 집중하게 되는 것처럼, 실패하는 지점을 맞닥뜨리면 단순하게 '그럼 어떻게 해결할까?'에 대해서만 생각합니다.

한번은 나무를 유리처럼 투명하게 만드는 실험을 진행한 적이 있습니다. 해외 유튜브부터 논문까지 참고하면서 연구를 했고, 진공 펌프며 화학 약품 등 각종 조건을 맞춰가며 거의 한 달 정도 끊임없이 시도했죠. 조금만 더 하면 될 것 같아서 집요하게 매달렸지만 결국은 실패했고 영상으로도 만들어지지 않았습니다. 성공하지 못한 게 아쉽긴 하지만, 할 수 있는 만큼 최대한 시도했기 때문에 실패한 실험도 괜히 했다고는 생각하지 않습니다. 만약 그러지 않았다면 지금까지도 미련이 남았을 것입니다.

결과가 성공이든 실패든, 일단 겪고 나면 그다음에는 또 다른 일을 시도하는 게 훨씬 쉬워집니다. 예전에 누군가가 생일 때마다 기념으로 한 번도 해 보지 않은 일을 시도하고 있다는 이야기를 들은 적이 있습니다. 1년에 새로운 경험을 하나씩만 해도 우리의 세계가 매년 한 뼘씩 확장되는 셈입니다. 이런 도전들은 커리어에도 도움이 될 뿐 아니라, 새로운 일 앞에서 움츠리지 않고 긍정적으로 다가서는 마인드를 갖추는 데 큰 도움이 됩니다.

과학 기술이 나날이 발전하는 현대 사회를 살아가다 보면 언젠가 인공지능이 인간의 지능을 아득히 넘어서는 날이 올 것입니다. 하지만 그게 꼭 나쁜 것이라 생각하진 않습니다. 인간이 인공지능을 유용하게 이용하면서 삶을 즐기고 인생의 의미를 찾아 나가는, 인간과 인공지능 공존의 시대가 올 수 있지 않을까요?

물론 기술로 인해 인간의 능력이 퇴화하는 것은 아닌지 걱정하는 것도 이해합니다. 새로운 기술을 두려워하는 사람들도 있습니다. 하지만 기술의 주인은 우리이기 때문에 주저할 필요는 없습니다. 새로운 세상이 열릴수록 우리에게는 더 과감하게 부딪쳐 보는 마인드가 필요합니다. 이론

까짓것,
만들어 보자!

과 직접 해 보는 것은 천지 차이니까요. 안 될 것 같아도 일단 시도해 봐야 기술을 내 편으로 만들 수 있습니다. 우리는 기꺼이 실패를 경험해 봐야 합니다.

탈모를 진단해 주는 해리포터 모자

손끝에서 느껴지는 힘

태정태세의 한마디

여러분은 직접 만들어 보고 싶은 물건이
있나요? 무슨 기능을 하는 기계인가요?
한번 상상해 보세요!

긱블은 최근 서울시립과학관과 협업 전시를 진행하는 등 오프라인에서 시청자들을 만나기 위한 기회를 많이 가지려고 합니다. 긱블의 시청자 분들이 영상을 통해 접하는 메이킹이나 실험을 직접 두 손과 두 눈으로도 체험해 보기를 바라기 때문이죠. 그래서 전시를 기획할 때도 공간에 관객들이 참여할 수 있는 요소를 넣어서 긱블 메이커들이 작품을 만들 때 느꼈던 재미와 성취감이 관람객들에게 그대로 전달될 수 있도록 노력합니다.

매 전시 공간의 주제마다 조금씩 성격이 달라지기는 하지만, 긱블의 전시는 착시 현상이나 쓰레기 분리수거 및 재활용 등 일상에서 흔히 겪을 수 있으면서도 과학과 공학의 관점에서 무언가를 배워 갈 수 있는 테마를 주제로 잡습니다. 긱블에서 반응이 좋았던 콘텐츠 중 '착시'와 관련된 물건들을 만들어 전시까지 진행한 콘텐츠가 있는데, 영상에서 보여 준 작품뿐만 아니라 착시와 관련된 다양한 체험 요소들을 추가로 제작하여 사람들이 직접 체험하고, 착시의 개념과 그 원리를 배워 갈 수 있도록 했습니다.

이런 체험은 의자에 앉아 교과서로만 배울 때는 크게

와닿지 않던 과학과 공학을 좀 더 가깝게 접하고, 과학과 공학이 학문을 넘어 재미와 놀이로 이어지는 하나의 경험이 될 수 있습니다. 유튜브에서 인기가 많았던 물수제비 기계의 경우에도 영상에서는 물수제비가 멀리 날아가는 걸 눈으로만 볼 수 있지만, 현장에서 직접 체험해 보면 물수제비 기계를 당기고 놓을 때 느껴지는 용수철의 쫀쫀함까지도 손끝의 감각으로 알 수 있습니다. 작품의 디테일을 살펴보고 현장에서만 느낄 수 있는 감각을 체험하면서 기계의 매력을 몸으로 느끼는 것입니다. 인터넷 검색만으로도 얼마든지 〈모나리자〉 같은 명화를 볼 수 있지만, 굳이 전 세계의 관람객들이 루브르 박물관으로 모여드는 것처럼 말이죠. 모니터 너머에서 이루어지는 생생한 경험이 어떤 미래의 메이커들에게는 마음속 깊이 잠들어 있던 창작의 욕구를 건드리고 끄집어내는 계기가 될 수도 있지 않을까요?

물론 체험형 작품을 활용하여 전시를 기획하다 보면 현실적인 어려움도 적지 않습니다. 가장 중요한 건 많은 사람이 몇 번이고 사용해도 고장 나지 않는 작품을 만드는 것입니다. 이게 생각보다 쉽지 않습니다. 어릴 때 전시관

까짓것,
만들어 보자!

이나 과학관에 갔던 경험을 돌이켜 보면 체험형 기계 몇 몇이 고장나 있는 경우를 많이 보았을 것입니다. 요즘에는 대부분 관리가 잘 되고 있지만, 직접 전시를 기획해 보니 작품의 품질을 유지하고 보수하는 일이 생각보다 쉽지 않다는 걸 깨달았죠. 이 부분을 꾸준히 보강하는 것이 메이커들의 가장 큰 숙제가 되지 않을까 싶습니다.

긱블은 앞으로도 우리의 작품을 활용한 전시를 계속하고 싶고, 해 나갈 예정입니다. 요즘 가장 많이 고민하는 것은 '어떻게 하면 긱블의 구독자가 아니더라도 긱블의 작품을 재미있게 볼 수 있는 전시를 기획할 수 있을까?'입니다. 우리의 미션이 '과학과 공학을 좋은 이야깃거리로 만들자'인 만큼, 누구나 긱블의 작품을 보며 작품의 원리에 대해 배우고 서로 토론할 수 있는 기회를 꾸준히 만들어 가고 싶습니다.

긱블 '괴짜 과학자의 실험실'

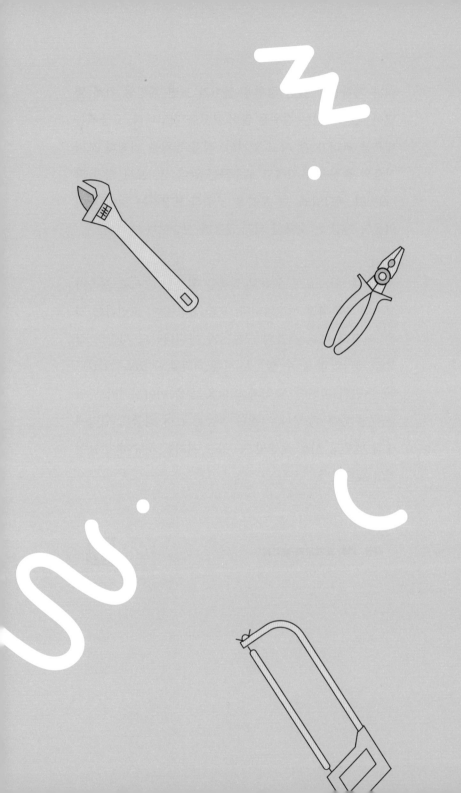

3장

기발한 아이디어의 비밀

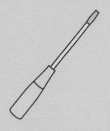

괴짜 같은 사람들의 집합소

키쿠의 한마디

괴짜는 괴짜를 알아보더라!

긱블에서 일하는 사람들은 어떤 사람들일까요? 긱블에 들어오기 전까지 저는 주변 친구들 중에서 제일 괴짜 같은 캐릭터였습니다. 제가 생각해도 직접 창고를 만들겠다며 제작 계획 발표 자료를 30장씩 만드는 사람은 흔치 않을 것 같았죠. 그런데 저와 비슷한 사람들이 모두 모여 있는 곳이 바로 긱블이었습니다.

처음 출근하던 날, 갈퀴 님이 이상한 티셔츠를 입고 와 눈에 띄었던 장면이 떠오릅니다. 소를 미분하면 우유가 되고 우유를 적분하면 치즈가 된다는 내용이 그려진 티셔츠……. 그걸 보고 저는 여기에 미분 변수, 적분 변수는 정의되어 있지 않냐고 물어봤습니다. 그러자 잠시 그 내용으로 진지한 토론이 이어졌고, 미분과 적분 변수가 아무래도 시간인 것 같다는 결론으로 급하게 대화가 마무리되었습니다.

보통은 '그냥 티셔츠인데 무슨 소리를 하는 거야?'라는 눈빛을 받을 법한, 쓰잘데기 없는 이야기였습니다. 그런데 그런 이야기를 해도 받아 주는 사람들이 있고 말이 통하는 게 웃기기도 하고 속이 시원했습니다. 자기만의 열정이 있고, 하고 싶은 일이 있고, 그걸 실행에 옮기는 행동력이 있는 사람들. 각자의 괴짜스러움을 가진 듯한 이 사람들은 서로 어울리지 않는 것 같으면서도 이야기를 나눠 보면 언제든 재미있는 일에 뛰어들 준비가 된 것처럼 눈이 초롱초롱했습니다.

긱블에서는 매일같이 이런 대화가 오갑니다. 그러다 보니 긱블의 콘텐츠 중에는 그냥 갑작스럽게 시작되는 영상들이 많습니다. 긱블 팀원들끼리 요즘 어떤 치킨이 맛있다더라, 우주에는 이런 게 있다더라, 인공위성이 어떻다더라 하는 평범한 수다를 떨다가 '그럼 인공위성에 치킨을 실어서 배달시켜 볼까?'라는 뜬금없는 소리를 하며 바로 카메라를 켜는 식입니다.

한번은 건전지 3,000개가 생겼던 일이 있습니다. 엄청난 양의 건전지에 이걸로 뭘 할까 하다가 전기차를 충전해 보자는 의견이 나왔죠. 막상 시도해 봤더니 건전지 3,000개로는 어림도 없었습니다. 계산해 보니 전기차를 건전지로 충전하려면 건전지 2만 9,000개가 필요하다는 결론이 나왔습니다. 건전지 개수가 부족해서 실패하긴 했지만, 개인이었다면 '전기차를 건전지로 충전하면 어떨까?'라는 궁금증이 들어도 실제로 해 보기 어려운 실험을 긱블에서 직접 실험을 통해 증명했다는 것만으로도 의미가 있었습니다. 그래서 실패하는 과정도 있는 그대로 영상으로 내보냈죠.

결론이 안 나는 실험이나 도전이 있더라도 긱블에서는 그냥 열린 결말로 보여 주려고 합니다. 재미있는 건 우리 채널을 보시는 시청자 분들 중에 공학에 관심 있는 분들이 많고, 또 우리보다 똑똑한 석·박사님들도 많기 때문에 실험이 실패한 이유를 길게 설명하는 댓글이 달리기도 한다는 점입니다. 우리도 모든 분야를 섭렵한 전문가는 아니기 때문에 그걸 보고 실험에서 잘못된 부분을 깨달을 때도 있습니다. 스마트 팜 만들기를 시도했을 때는 오랫동안 스마트 팜 연구를 하고 스마트 팜을 경영하시는 분께서 댓글을 남겨 주셔서 실제로 연락을 취해 배워 본 일도 있었습니다.

각종 실험이나 메이킹을 진행할 때마다 긱블 동료들의 존재와 지켜봐 주시는 시청자 분들의 존재가 정말 큰 원동력이 된다는 것을 느낍니다. 혼자였다면 구현하기 힘들었을 아이디어도 긱블에서는 추진력을 얻고, 엉뚱한 괴짜처럼 보이는 행동을 해도 서로를 응원하는 사람들이 있다는 것에 감사한 마음입니다. 한편으로는 미래의 괴짜 메이커들이 우리를 보고 마음속에 담아 둔 호기심과 열정을 용기 있게 끄집어낼 수 있으면 좋겠다는 바람도 듭니다.

저는 특히 긱블의 시청자였다가 입사하게 된 경우라 더 그렇습니다. 따지고 보면 저 역시 시청자 시절 긱블에서 제작한 영상을 보며 공학 지식을 습득하기도 하고, 직접 뭔가를 만들어 보며 나 또한 한 명의 메이커라는 동질감을 느꼈던 것 같습니다. 긱블의 영상을 보며 '나도 해 보고 싶다' 혹은 '이렇게 만들면 더 좋지 않을까?'라고 생각하는 많은 메이커들이 우리보다 더 멋진 작품들을 만들고, 더 많은 사람이 과학과 공학을 즐기며 각자의 꿈을 키워 나갔으면 좋겠습니다.

이 세상에 공학을 좋아하는, 눈이 초롱초롱한 괴짜들이 많아진다면 또 얼마나 신나는 일들이 벌어질까요? 괴짜들이 만들어 갈 미래가 벌써부터 기대됩니다.

건전지 3,000개로 테슬라 충전이 될까?

기발한
아이디어의
비밀

쓸데없는 잡담이 10만 조회 수 영상이 되기까지

갈퀴의 한마디

긱블의 메이킹 아이디어는 수다를 떨다가, 밥을 먹다가 갑자기 떠오르곤 합니다. 하지만 만드는 과정을 다큐멘터리처럼 찍기만 한다면 재미있고 유쾌한 영상을 만들기 어렵습니다. 긱블의 영상은 어떻게 만들어지는 걸까요?

저는 긱블의 기획 PD입니다. 기획 PD는 기본적으로 과학과 공학을 어떻게 하면 더욱 재밌고 친근한 이야기로 전달할 수 있을지 고민하는 역할을 맡죠. 영상 콘텐츠를 위한 소재를 수집하고 조사하며, 대중에게 전달하기 위한 재미있는 스토리를 만들고, 그것을 시각적으로 어떻게 구현할지 고민하여 촬영에 들어갑니다. 편집은 편집 PD가 따로 진행하고 있기 때문에, 필요한 부분은 협업을 통해 구체화하고 있습니다.

콘텐츠 하나가 영상으로 만들어지기까지 짧게는 일주일이 걸릴 때도 있지만 길게는 2~3달이 걸리기도 합니다. 아이디어는 기획 PD든 메이커든 같이 잡담을 나누다가 누구라도 생각나는 대로 뱉어 냅니다. 여행을 하다가, TV를 보다가, 책을 읽다가 떠올랐던 이야기를 하면서 아이디어를 나누고 그 안에서 콘텐츠가 될 만한 소재를 선정할 때가 많죠.

소재가 정해지면 어떤 메시지를 담아 어떤 이야기를 만들지 본격적으로 구성하여 기획안에 담습니다. 기획안을 작성할 때는 이 콘텐츠를 촬영할 때 어떤 장소에서 어떤 카메라와 렌즈, 장비를 쓰는 것이 좋을지에 대한 구체적인 고민도 필요하고, 촬영 구도, 배경 연출 등의 시각화에 대한 그림도 그려 봐야 합니다.

긱블의 콘텐츠는 모두 기획 과정을 거치고 있습니다. 기획 단계에서는 PD와 메이커가 함께 이야기를 나누기도 하고, PD가 우선 기획을 하기도 합니다. 이 소재로 작품을 만들기로 했을 때 어떤 메이커가 어울릴지 캐릭터를 생각하여 제안을 하고, 아이디어를 나누면서 발전시키고 토의하는 과정을 거쳐 기획안을 완성하는 것이죠.

기획안을 바탕으로 촬영을 진행하고, 촬영이 끝나면 편집 PD들과 함께 결과물을 토대로 회의를 하여 전체적인 편집을 진행합니다. 그 과정에서 아쉬운 부분이 있으면 피드백을 바탕으로 추가 촬영을 할 때도 있습니다. 최종적으로 편집을 마무리하고, 썸네일을 만들어 영상을 발행하면 남은 건 반응을 기다리는 일뿐입니다.

이처럼 하나의 작품이나 영상을 만들 때 다양한 전문가들이 힘을 합쳐 공동의 결과물을 만들어 냅니다. 협업을 일종의 조별 과제라고 생각한다면 자칫 '피곤할 것 같다, 많은 에너지가 소모될 것 같다'는 생각을 할 수도 있지만, 저는 '내가 맡은 부분만 잘 하면 이 프로젝트는 문제 없다!'라는 동료들에 대한 확신을 가지고 있습니다. 동료들도 마찬가지죠. 서로 신뢰가 있기 때문에 긱블이 시너지를 낼 수 있다고 생각합니다. 우리는 각자의 꿈을 향해 성장하는 동시에 서로의 꿈을 지지하고 있으니까요.

잡담하다가 나온 말장난 같은 아이디어들이 모두의 손을 거쳐 영상으로 만들어지고, 100만이 넘는 조회 수를 기록하며 수많은 사람이 즐기고 평가하는 놀이의 장을 만드는 것을 보면 참 뿌듯합니다. 그런 의미에서 긱블 콘텐츠의 핵심이 되는 메이킹만큼 그 과정을 영상에서 재미있게 담아 내려 고민하고 그 결과를 보여 주는 기획 PD의 일도 뜻깊고 매력적인 것 같습니다.

콘텐츠를 만들면서 가끔 너무 재미만을 추구하려고 하고 있거나 전하고자 하는 메시지에 치우친 것 같다는 생각이 들면 문득 '우리가 이걸 왜 하고 있더라?'라는 고민이 떠오르기도 합니다. 그럴 때마다 답을 찾기 위해서 스스로에게 던지는 질문은 '여기에 과학, 공학적인 요소가 있는가?'입니다. 그게 없다면 긱블이 할 이유가 없을 테니까요.

기발한
아이디어의
비밀

긱블에서 늘 놓치지 않으려고 노력하는 핵심은 우리가 과학과 공학을 다루고 있다는 점입니다. 재미있기만 한 영상을 만드는 채널은 긱블이 아니더라도 충분히 많습니다. 학문적으로 이론을 이해하기 쉽게 설명하는 것도 긱블이 할 일은 아닙니다. 긱블이 해야 하고, 또 할 수 있는 일은 과학과 공학을 놀이처럼 다루는 즐거움을 전달하고, 공학의 밑바탕을 확대할 수 있는 콘텐츠를 만드는 것입니다. 그게 결국 긱블이 존재하는 이유이기도 합니다.

아이디어가 샘솟는 공간

잭키의 한마디

편하다고 생각이 든다면 누군가는 그 편안
함을 위해 고민하고 노력했다는 것입니다.

긱블은 전에 쓰던 사무실에서 이사해 지금은 4층짜리 건물 한 채를 사무실로 사용하고 있습니다. 모르는 사람이 지나가면서 봐도 건물 입구부터 보통 회사가 아니라는 것을 눈치챌 만한 건물입니다. 처음 이 공간을 꾸밀 때, 제가 전반적인 공간 구성을 담당하게 되었습니다. 어떻게 긱블과 어울리는 공간을 만들지 고민이 꽤 많았죠. 일단 원래 인쇄 공장이었던 1층은 메이커들의 작업 공간인 메이커 스페이스로 만들었고, 2층은 사무실이지만 일부 공간을 3D 프린팅 작업 공간으로 만들었습니다. 3층은 설계 및 기타 업무를 보는 사무실 공간, 4층은 탕비실, 수면실, 주방, 게임존, 도서관 등 휴식 공간으로 꾸몄습니다.

이런 긱블의 공간 중에서 메이커들이 가장 오래 머물고 그만큼 공간 디자인에도 공을 많이 들인 곳은 물론 메이커 스페이스입니다. 메이커 스페이스를 구성하기 앞서 먼저 이곳에서 궁극적으로 무엇을 만들 것인지를 상상해 봤을 때, 자연스럽게 아주 멋진 자동차를 만드는 공간이 떠올랐습니다.

저는 개인적으로 '자동차'가 메이킹의 집합체라고 생각합니다. 자동차의 뼈대를 만들기 위해서는 용접과 같은 철

제 가공이 필요할 테고, 자동차의 헤드라이트가 켜지고 계기판이 작동하려면 전자 작업이 필요합니다. 차량의 외관을 다듬기 위해서는 먼지가 풀풀 날리는 샌딩 작업을 해야 하고, 마지막으로 멋진 자동차의 색깔을 완성해 줄 도색도 필수입니다. 이런 자동차 제작 과정을 바탕으로 공간을 구성했더니 철공 존, 전자 존, 레이저컷팅 룸, 집진 룸, 도색 부스가 각각 탄생하게 되었습니다. 더불어 이 모든 걸 조합할 수 있는 넓은 셔터 앞 공간을 마련했죠. 사실 잘 살펴보면 셔터 앞에 있는 넓은 빈 공간은 자동차 한 대가 딱 들어갈 수 있는 정도의 크기라는 것을 알 수 있습니다.

또 이곳에서 진행되는 모든 작업 과정을 촬영하여 카메라에 담아야 하는 유튜브 회사의 특성상, 카메라에 플리커 현상ᐧ이 담기지 않도록 하는 디테일도 고려해야 했습니다. 특정 장비의 과부하로 인해 문제가 생길 것도 대비하여 전기 설비, 그리고 조명에도 많은 신경을 썼습니다. 하지만 메이커 스페이스라는 공간은 그 자체가 주인공이 아니라, 그 공간에서 만들어지는 작품이 주인공이 되면 좋겠다는 생각에 배경 색은 자연스럽게 어우러질 수 있도록

ᐧ 플리커(Flicker) 현상: 화면이나 조명이 빠르게 반복해서 켜지고 꺼질 때 나타나는 깜박임 현상.

기발한
아이디어의
비밀

무채색, 검은색과 회색 등으로 마무리했습니다.

   그렇게 긱블의 사무실은 입구부터 메이커 스페이스까지 공구가 가득한 차고 분위기로 탄생했습니다. 구석구석 제 손길이 닿은 긱블의 공간 디자인에 사심이 들어가지 않았다고는 할 수 없을 것 같네요. 긱블의 구성원들이 이곳에서 자신의 상상을 현실로 만들고 실험하는 모습을 보면 내심 뿌듯합니다. 앞으로도 메이커 스페이스에서 더 재미있고 다양한 상상들이 펼쳐지기를 바라는 마음입니다.

원하는 것을 발견해 가는 곳

나모의 한마디

정말 좋아하는 걸 하다 보면, 좋아하는 것
들이 또 생겨요.

기발한
아이디어의
비밀

잭키 님이 말한 것처럼, 긱블에는 메이커들이 무엇이든 만들 수 있는 메이커 스페이스라는 공간이 따로 마련되어 있습니다. 용도별로 공간이 구분되어 있고, 각기 필요한 도구들이 갖춰져 있어서 메이커들이 보통 가장 오랫동안 머무는 공간입니다.

작품 기획을 하고 있는 동안에는 사실 PD님들이랑 수다를 떠는 시간이 많습니다. 작품을 만들기 전후로 영상 콘텐츠 제작을 위해 협업하는 일이 많기 때문에 수시로 만나서 의견을 나누고, 또 쓸데없는 잡담을 하면서 아이디어를 떠올리기도 합니다. 긱블 안에서는 나이나 학력을 공개하지 않는 분위기라 팀원들끼리 수평적인 환경에서 자유롭게 아이디어를 공유할 수 있습니다. 그러다 좋은 생각이 떠오르면 몇 시간이고 머릿속으로 그 생각만 하고 있을 때도 있습니다. 요리하거나 자전거를 타면서도 머릿속으로 작품을 요리조리 구상하고 설계해 보죠. 최종적으로 작품 주제가 정해져서 메이킹을 할 때는 하루 종일 메이커 스페이스에서 뚝딱거리며 메이킹만 하고 있을 때도 있습니다.

업무 시간이 자유로운 편이라 일반 직장인들보다 늦게 출근하거나 일찍 퇴근할 수도 있지만, 메이킹하는 시간은 업무라고 생각되지 않을 만큼 즐겁습니다. 하고 싶고 좋아하는 일이기 때문에 밤을 새더라도 온전히 집중해서 즐겁게 할 수 있는 것입니다. 잘 만드는 것도 중요하지만, 메이커이자 크리에이터로서 만들고자 하는 열정이 있어야 이 일을 지속할 수 있습니다. 또 그래야 영상을 보는 사람들에게도 그 즐거움이 전달됩니다. 무언가 만드는 것에 대한 순수한 즐거움을 느끼고 있기 때문에 그걸 다시 영상으로 전할 수 있는 것이 아닐까요? 무엇보다 제가 열정을 바친 결과물에 대한 사람들의 반응이 좋으면 뿌듯합니다.

저는 사실 컴퓨터공학과를 졸업하고 나서 자기소개서도 써본 적이 없을 정도로 취업에 큰 관심이 없었던 사람입니다. 그대로 살았으면 군대에 다녀왔다가 대학원에 가서 연구실에 틀어박혀 있었거나 로봇 피규어 사업 같은 것을 하지 않았을까요? 그런데 감사하게도 지금은 긱블에서 이것저것 만들어 보면서 오히려 잘 몰랐던 내 취향과 열정에 대해 더 알게 되었습니다. 로봇에서 인공지능으로, 또 지금은 건축까지 관심사도 계속 바뀌어 갑니다. 일부러 좋아하는 걸 찾으려고 노력하지 않아도, 다양한 경험이 쌓이면 저절로 자신이 원하는 게 무엇인지 조금씩 발견하게 되는 것 같습니다.

긱블에서는 어떻게 일하냐고요?

태정태세의 한마디

여러분은 함께 성장하고 싶은 친구가 있나
요? 그 친구와 어떤 재미있는 일을 벌이고
싶은가요?

기발한
아이디어의
비밀

긱블은 여러 명의 크리에이터가 팀을 이루고 활동하는 유튜브 채널이자, 회사 조직입니다. 일반적인 회사와 달리 구성원들이 크리에이터이기도 하다 보니 긱블은 독특하다면 독특한 사내 문화를 가지고 있습니다. 대표적인 것은 서로 나이와 출신 학교를 말하지 않는 것입니다.

유교 문화를 바탕으로 한 우리나라에서는 어쩔 수 없이 서로 나이를 알게 됐을 때 자유롭게 의견을 나누기가 어려워집니다. 나보다 나이가 많은 사람의 의견이라면 쉽게 옳다고 생각하고 수긍하는 것, 혹은 나보다 어린 사람의 의견을 무시하는 것도 경계해야 하는 부분입니다. 긱블은 이런 문화가 창작 집단에서는 걸림돌이 될 수 있다고 생각했습니다. 나이를 공개함으로써 그동안 사회에서 익숙하게 접해 온 '서열'이 생기게 되면 서로 터놓고 자유롭게 의견을 교환하기 어려울 수 있기 때문입니다.

물론 대표로 일하다 보면 구성원들의 나이를 알게 되는 경우도 있습니다. 하지만 되도록 이력서를 볼 때에도 나이는 가려서 보고, 기본적으로 상대방의 나이를 크게 의식하지 않다 보니 평소에 대화할 때도 나이로 인한 차이를 잘 체감하지 못합니다. 긱블 같은 회사가 아니었다면 나이 차이가 꽤 나는 어린 사람과 자유롭게 의견을 나누고, 또 그들에게 배울 수 있었을까요? 문득 저도 모르게 놀라곤 합니다.

근무 시간은 꼭 자리에 앉아 있어야 하는 시간인 '코어타임'을 지키는 선에서 개인이 자유롭게 조정할 수 있습니다. 긱블의 유튜브 영상에서 사무실이 텅텅 비어 있는 모습을 쉽게 볼 수 있는 것도 그런 이유입니다. PD나 메이커들 모두 일이 끝났다가도 보완할 게 생각나서 밤늦게 다시 일을 하기도 하고, 아이디어가 떠올랐을 때 근무 시간과 상관없이 업무를 하는 경우도 있기 때문에 웬만하면 자유로운 시간대에서 근무하며 자신의 일을 책임지는 걸 기본으로 하고 있습니다. 다만 협업이 필요한 부분이 있어 코어 타임을 만들어 두고, 해당 시간에는 꼭 회사에 출근해 있도록 합니다.

근무 시간대가 자유롭다고 해도 다들 농땡이 피우려고 하지 않고 열정적으로 일하는 분위기이기 때문에, 아예 모든 걸 내려놓고 놀기만 하는 날인 '워크숍 데이'도 정해 두었습니다. 그래서 긱블에서는 워크숍을 '쉼표'라고 부르기도 합니다. 1년에 한 번 쉼표를 찍고 숨을 고르자는 의미

기발한
아이디어의
비밀

입니다. 놀러 가서까지 일을 할 필요는 없으니 이때는 최대한 놀기만 합니다. 특히 유튜브를 하는 크리에이터들에게는 쉬는 날이 따로 없기 때문에, 일부러라도 완전히 쉬어갈 수 있는 시간이 필요합니다.

건강한 인간관계와 조직 문화는 긱블에서도 여느 회사와 다름없이 중요한 부분입니다. 조별 과제를 하다가 한 번쯤 친구들과 의견이 달라 싸움이 일어날 뻔 했던 적이 있지 않나요? 학교에서의 조별 과제뿐만이 아니라 회사도 마찬가지입니다. 많은 직장인들이 조직 내에서 가장 어려운 문제라고 꼽는 것이 인간관계, 사람과 사람 사이의 갈등입니다. 긱블도 다르지 않아 이를 해결하기 위한 소통 방식을 갖추기 위해 나름의 노력을 기울이고 있습니다. 특히 긱블은 하나의 완성품을 제작하기 위해 협업해야 하는 일이 많기 때문에 동료 간 건강한 소통이 무엇보다 중요합니다.

긱블에서 정한 소통 규칙 중 하나는 '말하지 않으면 모른다'는 것입니다. 서로 이야기를 하면서 의견이 달라 갈등이 발생했을 때, 보통 감정이 상하더라도 혼자 속으로

삭이고 참는 경우가 대부분입니다. 하지만 긱블은 그 자리가 끝난 후에 바로 대화하자는 방침을 가지고 있습니다. 물론 감정이 너무 격해졌을 때는 잠시 가라앉히고 대화하는 것도 방법이지만, 되도록 바로 이야기해야 감정의 왜곡 없이 앙금을 남기지 않고 해결할 수 있는 경우가 많다고 생각해서 정해진 방침입니다. 구체적으로 상대방의 어떤 말로 인해 내가 어떤 감정을 느꼈기 때문에 사과를 받고 싶다고 솔직하게 말하고, 또 상대방의 입장도 차근차근 들어 봅니다. 감정적인 부분을 해소하는 데에는 당연히 시간이 들고 감정 소모도 심할 수 있지만, 함께 지속적으로 일하기 위해서는 꼭 필요한 부분입니다. 함께 가야 멀리 갈 수 있으니까요.

처음 긱블을 창업했을 때에는 인원이 3, 4명으로 많지 않았지만 그때부터 일주일에 한 번, 한 달에 한 번, 분기별로 한 번 회의를 해서 우리의 방향성을 다잡는 시간을 꾸준히 가졌습니다. 보통 스타트업 회사는 인원이 적다 보니 고개만 돌려도 대화할 수 있고, 메신저로도 소통할 수 있어 이런 회의를 마련하지 않는 경우도 많습니다. 그런데 긱블은 굳이 회의실까지 대관해서 진지하게 회의를 진행했습니다. 누가 보면 스타트업 놀이처럼 보였을지도 모르 겠습니다. 하지만 지금은 긱블에 40명이 넘는 직원들이 생 겼습니다. 저는 규모가 작을 때부터 직원들끼리 편하게 소 통할 수 있는 조직 문화를 만든 것이 긱블의 성장에 큰 기 여를 했다고 생각합니다. 초반에 기반을 잘 닦아 놓은 덕 분에 지금은 그런 절차가 익숙하고 구성원들도 편안하게 참여합니다.

메이커들은 혼자 일하는 시간이 많기도 하지만, 동료를 통해서도 많은 것을 얻을 수 있습니다. 동료가 있다는 건 그만큼 다양한 시선이 존재한다는 뜻이기도 합니다. 동료 와 함께 의견을 나누다 보면 내가 보지 못하는 걸 누군가 가 보고 이야기하기도 하고, 내가 맞다고 생각했던 게 아 니라는 사실을 발견하기도 합니다. 많은 이야기가 오고 가 면서 새로운 걸 발견하고 일깨울 수 있다는 게 서로 머리 를 맞대고 의견을 나눌 때의 큰 장점이자 재미죠.

사람들이 편하게 일하도록 만드는 것이 우선적인 목표 였기 때문에, 지금까지도 협업에 있어서 크게 문제가 생기 는 일은 없었습니다. 무엇보다 함께하는 사람들이 즐거워 야 보는 분들에게도 유쾌한 도전의 에너지가 고스란히 전해질 것입니다. 어떤 작품이든 부품 하나가 제 역할을 하지 못하면 작동할 수 없습니다. 긱블은 개성 강한 멤버들이 모인 만큼, 자유롭지만 서로 배려하는 문화 속에서 더욱 시너지를 내기 위해서 노력하고 있습니다.

한편 긱블에 오시는 분들에게는 늘 '긱블이 최종 목적지가 아니어도 된다'고 이야기합니다. 물론 긱블에서 함께 동고동락하다가 긱블을 떠나 자신의 길을 가겠다는 멤버가 있으면 아쉬운 마음도 들지만, 기쁘게 그의 선택을 응원하는 편입니다. 긱블에서 꼭 엄청나게 대단한 걸 할 필요는 없습니다. 다만 긱블이 성장의 발판이 되어 서로가 윈윈할 수 있었으면 하는 마음입니다. 긱블에서 했던 일이 자신의 삶에서 멋있고 의미 있는 커리어로 남는다면 이 세상에 또 한 명의 메이커가 탄생하는 것이고, 동시에 긱블이 성장하는 과정이기도 할 테니까요!

4장

킥보드에 모인 괴짜들

문과 출신이 공돌이 채널에 합류한 이유

태정태세의 한마디

내가 하고 싶은 걸 고민할 때, 꼭 지금까지
내가 무엇을 해 왔는지를 고려할 필요는
없습니다. 새로운 나를 고민해 보세요.

저는 대학에서 공학이 아닌 언론학을 공부했습니다. 최종적으로는 방송국 PD가 꿈이었죠. 대학 졸업 후에는 방송국에서 영상 일을 하면서 언론고시를 준비하기도 했습니다. 당시 뉴미디어가 한창 떠오르면서 관련 스타트업 회사가 많이 생겨나던 시기였습니다. 예전에는 정식으로 PD가 되려면 많이 공부하고 이론적인 지식을 쌓아 언론고시에 합격해야 했는데, 시대가 변하면서 누구든지 쉽게 영상을 만들고 공유하는 세상이 온 것입니다.

영상을 만들고 싶어서 PD의 길을 선택했는데, 언론고시 준비를 하면서 계속 책만 파고들고 있자니 마음이 조급했습니다. 얼른 내 영상을 만들고 싶은 욕심에 시대의 흐름에 올라타서 뭐라도 해 봐야겠다는 생각이 들었죠. 그때 한창 인기를 끌던 콘텐츠가 TV 뉴스 대신 짧게 접하고 소비할 수 있는 1:1 사이즈의 카드뉴스였습니다. 처음에는 방송국에서 사용하는 스포츠 경기 예고편을 편집한 짧은 영상이나, 뉴스 기삿거리를 취재하여 빠르게 편집한 간단한 뉴스 영상을 주로 만들어 올리기 시작했습니다.

하지만 이런 형식의 카드뉴스는 지금의 유튜브 쇼츠보다도 더 짧게, 순간적으로 소비되고 사람들의 기억에서 사라져 버렸습니다. 저는 이렇게 스쳐 지나가는 영상이 아니라 누군가의 마음에 와닿아 그들을 움직이는 힘을 갖는 영상을 만들고 싶었습니다. 이건 내가 정말 하고 싶은 일이 아니라는 확신이 커져 가고 있던 바로 그 무렵, 긱블의 창업자인 박찬후 대표를 만났습니다. 직원이 몇 없던 긱블의 초창기 시절이었습니다.

긱블 합류를 제안하면서 박찬후 대표가 한 이야기는 제 마음을 파고들었습니다. 가수들에게는 무대가 있고 축구 선수들에게도 경기장이 있는데, 과학자와 공학자를 위한 무대도 필요하지 않겠느냐는 이야기였습니다. 과학이나 공학은 지루하고 어렵다는 인식이 있는데 그걸 좀 더 가볍고 재미있게 바꾸어 가고 싶다고 했죠. 생각해 보면 저만 해도 과학, 공학에 흥미가 있기는 했지만 잘 아는 건 아니었기 때문에 나와는 거리가 있는 학문이라고 느끼고 있었습니다. 그런데 박찬후 대표의 그 말을 들으니 과학과 공학의 무대를 만들기 위해 할 수 있는 재미있는 일들이 많겠다는 생각이 들었습니다.
한편으로는 1년 정도 저널리즘 영상을 만드는 동안 조금 지쳐 가고 있기도 했습니다. 저널리즘은 아무래도 정치나 사회적 갈등, 이슈를 주로 다루는 분야다 보니 취재를 하려면 결국 싸움이 벌어지고 있는 곳으로 찾아가야 했습니다. 물론 이런 주제에 대해 많은 사람이 관심을 갖도록 알리는 뜻깊은 일이었지만 제 성향에는 잘 맞지 않았는지 어느 순간부터 스트레스가 너무 크고 정신적으로 피폐해지는 느낌이 들었습니다. 사회적인 이슈의 중심에서 벗어나서 조금 더 가볍고 재미있는 주제를 다루고 싶다는 욕구가 생기던 그때 마침 긱블에 합류하게 된 것입니다.

그때쯤 긱블은 구독자 8만 명 정도의 채널이었습니다. 주로 영화 〈아이언맨〉에 나오는 장갑을 직접 만들고 그 안에 소화기 속 가루를 넣어 발사하는 등 영화에나 나올 법한 재미있는 상상을 현실로 옮기는 콘텐츠를 다루고 있었죠. 그런데 1년 가까이 구독자 수가 늘지 않고 정체된 상황이었기 때문에, 한 단계 성장하기 위해서는 기존의 울타리 밖으로 나와 무언가 획기적인 변화가 필요했습니다.

그래서 저는 긱블에 합류하자 마자 몇 가지 변화를 모색했습니다. 가장 큰 변화는 바로 출연하는 크리에이터를 다양화하는 일이었죠. 당시에는 창업가인 박찬후 대표가 긱블의 대표 크리에이터로서 직접 영상에 출연했습니다. 저는 우리가 과학과 공학의 무대를 만든다면 그 위에서 다양한 출연자들이 실험하고 메이킹하며 마음껏 끼를 펼쳐 보여야 한다고 생각했습니다. 다양한 사람들이 직접 나와서 만드는 모습을 보여 주어야 과학과 공학을 즐기는 과정이 고스란히 전달될 수 있다고 믿기도 했습니다. 긱블은 단순히 크리에이터 한 명이 만드는 것이 아니라 여러 명이 아이디어와 재능을 모으고 있기 때문에 그런 의미를 보여 주고 싶기도 했습니다.

문제는 당시에만 해도 유튜브 자체가 채널의 출연자를 바꾸는 데 보수적이라는 점이었습니다. '한 명의 인물이 그 유튜브 채널을 대표하고 있는데 갑자기 다른 사람이 나오면 시청자 분들이 낯설지 않을까?'라는 불안함도 없지 않았지만, 모두 모여 고민한 끝에 메이커들이 작품을 만드는 과정을 다양하게 조명하기로 했고 점차적으로 모든 메이커에게 각기 캐릭터를 부여하게 되었습니다. 생각 외로 시청자 분들께서 이 변화를 긍정적으로 봐 주셨는지 이례적인 조회 수가 나왔고, 채널은 상승세를 타기 시작했습니다. 긱블을 보는 이유는 특정 크리에이터가 아니라 '과학과 공학을 다루는 콘텐츠 그 자체'라는 걸 확인하는 계기였습니다. 그렇게 우리는 긱블이라는 하나의 팀을 이루었습니다.

　더불어 주제를 조금 더 일상에서 쉽게 접할 수 있는 것들 중에서 찾기 시작했습니다. '〈아이언맨〉을 모르는 사람은 있어도 치킨을 모르는 사람은 없으니까 치킨으로 뭔가를 해 보면 어떨까?'라는 아이디어에서 후라이드 치킨을 발사기를 통해 날려 보내면 공중에서 소스가 묻어서 저절로 허니콤보가 만들어지는 '치킨 발사기'를 개발했습니다. 솔직히 기능적으로 성공적인 기계는 아니었습니다. 실험 후 누군가의 입에서 '굳이 이런 기계를 쓸 필요가 있을까요?'라는 멘트가 나온 것이 모든 걸 말해 주었죠.

　하지만 만드는 과정은 재미있었고, 의외로 반응도 무척 좋았습니다. 기존 영상의 조회 수가 10만 정도였다면 이후로는 거의 100만 조회 수를 달성하는 영상들도 생겼습니다. 이런 시도를 하게 된 핵심적인 이유는 우리가 뭔가를 성공적으로 잘 만드는 게 중요한 건 아니라고 생각했기 때문입니다. 이 과정을 통해 완성도보다 중요한 건 우리가 이 작품을 만드는 이유와 과정이라는 것을 느꼈습니다. 그 후 뭔가를 자유롭게 도전하는 자세와 팀으로 시행착오를 극복해 나가는 과정 자체를 보여 주려고 했습니다.

개인적으로는 긱블에서 영상을 만들면서 기존에 하던 것과는 전혀 다른 결의 경험을 하게 됐다는 점이 영상에 더 애정을 가지고 몰두하는 계기가 되었습니다. 저는 이제 정확한 사실을 다루는 뉴스를 어떻게 전달할지 고민하는 것이 아니라, 치킨을 우주로 재밌게 날려 보내는 방법을 고민하는 사람이 된 것입니다. 어떻게 하면 좀 더 재미있게 할 수 있을까? 어떻게 좀 더 쉽게 전달할 수 있을까? 그런 관점에 집중하다 보니 영상뿐 아니라 삶을 대하는 방식 자체가 조금 더 유쾌해진 것도 좋았습니다.

우리가 만든 콘텐츠를 통해서 과학과 공학을 즐기는 사람들이 점차 많아지고 있다는 걸 느끼면서 우리의 방향성이 맞다고 확신하게 되었습니다. 지금도 긱블에서 과학과 공학을 접하고 다루는 것 자체가 즐겁기도 하지만, 과학과 공학에 관심이 없던 사람들이 새로운 관점으로 재미를 느끼는 걸 지켜볼 때 가장 행복하고 보람찹니다.

누구나 과학과 공학을 즐길 수 있다는 것을 증명하는 산증인이 바로 접니다. 제가 처음 긱블에 합류했을 때는 직원들 중에서 저 혼자만 유일한 문과 출신이었습니다. 그래서 문과의 느낌을 대표하고자 조선 초기 왕들의 앞 글자를 모은 '태정태세문단세'에서 '태정태세'를 따와 닉네임을 짓기도 했죠. 그런 제가 과학과 공학을 무대로 신나게 놀고 있으니 누구라도 이를 마음껏 즐길 수 있다는 사실에는 의심의 여지가 없습니다.

대기업 취준생이 긱블에 합류하다

민바크의 한마디

가끔 여러분이 원하지 않는 길을 걸을 때도 있을 거예요. 그 과정이 고달플 수도 있지만, 언젠가 여러분의 경험이 되어 더 멋진 기회들을 만나게 될 거라 믿습니다. 그러니 현재에 최선을 다하세요!

제가 졸업한 기계공학과는 흔히 취업 깡패라고 불립니다. 기계공학과 출신은 졸업만 하면 쉽게 취업한다고 해서 붙여진 별명입니다. 아무래도 기계라는 게 우리 일상 전반에 다 쓰이다 보니 대기업에서도 필수로 채용하는 편이라, 학생들도 대부분 학점만 잘 따서 졸업하면 된다는 분위기가 있습니다. 괜히 대외활동을 하면서 다른 길로 샜다가는 오히려 이도저도 안 될 수 있다는 선배들의 조언에 따라 저도 3학년 때까지 일부러 다른 길은 배제하면서 학과 공부에 집중하려고 했습니다. 주변을 봐도 대체로 취업에 집중하는 경향이 강했죠.

그런데 2학년 때 로봇 동아리에 들어가면서 학과 수업 외의 활동을 해 보니 새로운 샛길이 트이는 느낌이 들었습니다. 기존에 준비하던 길 같은 탄탄대로는 아닌 게 분명했지만 어쩐지 자꾸만 흥미가 갔습니다. 그러다 문득 생각했습니다. 내가 이 전공을 선택했다고 해서 남들이 가는 안정적인 길을 따라가는 게 맞을까? 아직 내 적성이 뭔지도 제대로 탐색하지 못했는데, 인생의 다양한 가능성을 선불리 차단하는 것은 아닐까?

애초에 제가 기계공학과에 진학한 것도 그냥 수학과 과

학을 좋아하니까, 기계공학과가 취업이 잘 된다고 하니까 검색 몇 번 해 보고 단순하게 내린 결정이었습니다. 그런데 막상 기계공학과에 가니 생각했던 것과는 좀 달랐습니다. 기계공학과에 진학하면 기본적으로 수학 이론을 기반으로 하면서 물리, 열, 유체, 재료 같은 5대 역학을 중점적으로 배우는데, 저는 이론보다는 그런 이론이 실제 세계에서는 어떻게 적용되는지에 대해 더 관심이 많은 사람이었던 것입니다.

저는 단순히 과학과 공학을 좋아하는 학생이었습니다. 대학생 시절 제 목표는 대학을 졸업하기 전까지 최대한 많은 경험을 하고 다양한 전공을 경험해 보는 것이었죠. 그래서 뒤늦게 프로그래밍을 다루는 컴퓨터공학과로 전과를 생각하기도 했지만, 막상 그러려니 뒤늦게 전과해서 기존의 전공자들과 경쟁할 자신이 없었습니다. 이미 기계공학을 공부하고 있으니 좋아하는 일은 취미로 두고 취업이 보장된 안정적인 길을 가는 게 낫지 않을까? 그렇게 내가 하고 싶은 일에 대해서 갈팡질팡 고민하던 중에 로봇 동아리에 들게 되었고, 3학년이 되자 마음을 굳혔습니다. 앞으로 내 인생이 어떻게 될지는 모르겠지만, 이 시기에 최대한 많은 전공을 경험하고 졸업하자!

그래서 더는 망설이지 않고 많은 경험을 해 보기 위해 뒤늦게 일을 벌이기 시작했습니다. 공부는 물론이고 동아리도 들고 유튜브까지 시작했죠. 로봇 동아리 회장직을 맡으며 로봇 제작 자금 확보를 위한 창업 동아리를 새로 개설하기도 했습니다.

제가 창업 동아리를 개설하며 창업 주제로 잡은 것은 바로 유튜브였습니다. 유튜브가 막 떠오르고 있던 2016년에는 국내에 아직 과학, 공학이라는 주제를 다루는 채널이 거의 없었습니다. 유튜브로 과학, 공학과 관련된 내용을 알리고 싶다는 생각이 들었죠. 마침 제가 기계공학과에 다녔던 덕분에 이것저것 다양한 걸 만들고 시도해 볼 수 있었습니다. 유튜브를 하면서 영상화하기 좋은 작품들을 만들기 위해 안 해 봤던 도색도 하고 목공도 하며 자연스럽게 새로운 것을 접했습니다. 영상 편집도 독학으로 더듬더듬 배웠죠.

그렇게 영상을 하나둘 올리던 중에 우연히 한 영상이 폭발적인 반응을 얻었습니다. 한창 '포켓몬GO' 게임이 유행이라 다들 스마트폰을 들고 포켓몬을 잡으러 배회하곤

해서, 게임에서 포켓몬을 만났을 때 볼 던지는 경로를 가이드해 주는 포켓몬 모양의 케이스를 만들어 영상으로 올렸는데 그 영상이 약 60만 조회 수를 넘긴 것이었습니다. 사실 어려운 기술은 아니고 3D 프린터로 간단하게 만든 케이스였는데 당시에는 그 제품이 신선하게 느껴졌던 것 같습니다.

늦바람이 무섭다더니……. 뒤늦게 딴짓을 하기 시작해서 그런지 몰라도 하나하나가 너무 재미있었습니다. 다른 친구들은 이렇게 재밌는 걸 모르고 왜 취업 준비만 하나 싶을 정도였죠. 지금 생각해 보면 관심 있고 좋아하는 일을 발견했다는 것 자체가 큰 행운인지도 모르겠습니다. 만일 그런 행운을 만났다면 '적당한 시기'라는 걸 따지지 말고 잽싸게 낚아채야 합니다. 결국 저도 그 덕분에 긱블에 오게 되었으니 말입니다.

박찬후 대표는 제가 올린 영상을 흥미로워했고 긱블에서 함께 일하자고 제안했습니다. 저는 어차피 취업까지 시간이 있으니 그 사이에 일해 보자는 생각으로 그리 깊게 고민하지 않고 합류했죠. 그런데 막상 긱블에 들어와 일하다 보니 그 과정이 생각보다 더 즐거웠습니다. 처음에는 메이커로서 작품을 만들고 개발하는 일을 했는데, 메이킹 자체보다도 메이킹을 주제로 영상이라는 최종 결과물을 만들어 내는 것이 저와 잘 맞았습니다. 더 재미있는 콘텐츠를 만들기 위해서 메이킹이라는 재료를 요리하는 느낌이랄까? 당시에는 스타트업이 잘된 사례가 별로 없어서 과연 먹고살 수 있을까 싶기는 했지만, 혼자서 해 오던 일과 결이 비슷하다 보니 취미로 즐겼던 그 순수한 즐거움이 직업으로 이어지는 느낌이었습니다.

어떻게 보면 저는 전공을 공부하기보다 자꾸 딴짓을 하고 한눈을 판 덕분에 혼자서 유튜브도 시작하고, 결과적으로는 긱블에서 재미있는 일들을 도모할 수 있게 되었습니다. 특히 긱블과 같은 스타트업에서는 한 사람이 하나의 담당 업무만 맡는 것이 아니라 여러 가지 일을 복합적으로 할 수밖에 없습니다. 제가 한길만 파지 않고 여러 일을 해 보려고 시도했던 게 스타트업 환경에 적용하는 데 있어서는 오히려 큰 도움이 되었습니다.

저는 메이커이기도 하지만 동시에 기획 아이디어를 많이 내는 편입니다. 똑같은 콘텐츠만 반복하면 콘텐츠를 만드는 사람도 지루하겠지만 보는 사람들도 좋아하지 않습니다. 저는 한 가지를 깊게 파고들거나 반복하는 것보다 항상 새로운 걸 시도해 보고 싶은 사람인데, 긱블에서는 그 방향성이 잘 맞다 보니 늘 여러 가지 시도를 해 볼 수 있다는 점이 재미있었습니다. 늘 새로운 걸 접해 왔던 경험 덕분에 새로운 것을 배울 때 습득이 빠르다는 것이 강점으로 작용했죠.

그렇게 시간이 흘러 지금은 긱블의 부대표로서 각 사업부 리더들과의 소통, 재무적인 관리, 교육 분야를 비롯한 사업 전략을 꾸리고 검토하는 등 회사 운영에 관한 전반적인 업무를 맡고 있습니다. 긱블의 직원들이 재미있어 보이는 일, 하고 싶은 일들을 지속할 수 있으려면 누군가는 어떻게 먹고 살 것인지에 대한 현실적인 고민을 해야 합니다. 제가 그 '누군가'의 역할을 맡고 있다고 볼 수 있겠습니다. 어찌 보면 엔지니어로서의 정체성과는 또 다른 영역의 일이지만, 오히려 엔지니어이기 때문에 기술 영역에 대한 이해도가 높아 긱블의 방향성을 설정하고 함께 나아가는 데 도움이 되는 면도 있습니다.

돌이켜 보면 긱블은 제가 생각지도 못했던 길이었습니다. 하지만 뭐 어떤가요? 오히려 뜻밖의 샛길에서 보물을 발견하기도 하는 게 인생인 모양입니다.

차고에서 뚝딱이는 자동차 덕후

잭키의 한마디

좋아하는 것을 포기하지 마세요.

저는 어릴 때부터 지금까지 자동차를 정말 좋아하는 사람입니다. 보통 관심사가 공룡과 자동차로 크게 나뉜다는 유아 시절에도 단연 자동차 파였죠. 초등학생 때는 우연히 TV에서 KTX에 대한 내용을 보게 되었습니다. KTX끼리 서로 충돌하면 큰 충격이 발생하는데, 큰 사고를 방지하기 위해 일부러 차체를 약하게 만들어 쉽게 찌그러지도록 하는 크럼플 존Crumple Zone이라는 공간이 있다는 내용이었습니다. 어린 나이에도 찌그러뜨려서 오히려 더 안전하게 만든다는 요상한 원리가 인상적으로 와닿았습니다. 정확히 말하면 나도 한번 만들어 볼 수 있을 것 같다는 생각이 들었습니다. 그래서 TV에서 본 내용을 직접 실험해 보려고 장난감을 벽에 던져 보기도 하고, 혼자서 이것저것 분해하고 만들어 보기도 했습니다. 결과가 어땠는지는 기억이 나지 않지만…… 뭔가 꽂히는 게 있으면 온종일 손으로 만지고 실험하는 꼬마 메이커 꿈나무였던 것은 분명합니다.

그런 절 지켜보던 어머니가 당시 한양대 기계공학과 출신의 선생님을 소개해 주셨습니다. 선생님이랑 같이 기계를 만지거나 로봇을 만들어 보면서 공학에 본격적으로 흥미가 생겼죠. 레고도 좋아했는데 블록을 쌓는 것보다는 자동차나 기계 장치, 기어나 체인이 달린 기계 장치들을 다루는 게 재미있었습니다. 그걸로는 만족을 못 해서 뭣도 모르는 어린 나이에 아빠에게 자동차 보닛을 열어 달라고 졸라 자동차 내부를 구경하기도 했습니다. 제가 하도 자동차를 좋아하니까 아버지가 킨텍스 모터 쇼나 로봇 쇼에도 종종 데려가 주셨던 기억이 납니다.

지금도 저는 자동차에 대한 뜨거운 애정을 안고 있습니다. 특정 브랜드의 자동차를 좋아하는 것이 아니라, 바퀴가 4개, 혹은 그 이상 달린 '탈것'이 주행하는 모습을 보면 심장이 뜁니다. 이미 자동차가 우리의 삶에 깊이 스며들어 있다 보니 많은 사람이 자동차가 주행하는 것을 사람이 숨 쉬고 밥 먹는 것처럼 당연하게 생각합니다. 하지만 저는 자동차에 시동이 걸리고 바퀴가 굴러 앞으로 나아가는 데 작용하는 복잡한 공학적 요소들을 생각하면 늘 너무 대단하고 경이롭습니다.

자동차가 달리기 위해서는 엔진에 열역학, 운동 역학 등의 원리가 들어가고, 변속기의 기어가 맞물리고, 타이어 마찰 계수를 고려하고, 공기 저항을 줄이는 공기 역학을 고려하는 등 다양한 요소들이 작용해야 합니다. 그야말로 복합적인 종합 과학 그 자체인 셈입니다. 하나하나 나열하면 책 한 권이 아니라 전집이라도 만들 수 있을 것입니다. 그래서 자동차는 단순히 한정된 개념에 그치는 것이 아니라 얼마든지 확장이 가능합니다. '덕질'의 요소가 무궁무진하다고나 할까요?

특히 저는 그 자동차에 들어가는 수많은 공학적 요소를 또 다른 참신한 장치와 섞어서 새로운 작품을 만드는 것을 좋아합니다. 예를 들어 미군 자동차에 들어간 방탄 타이어 구조를 이용해서 과자를 날리는 장치를 만드는 식입니다. 긱블에서 항상 기상천외해 보이는 창작물들을 만들고는 있지만 아이디어는 신의 계시라도 받는 것처럼 번뜩 찾아오지는 않습니다. 또 세상에 아예 없던 것을 창의력을 발휘하여 창조해 낼 수도 없죠. 여태껏 기계에 대한 무구한 혁명이 일어났기 때문에 완전히 새로운 것이 등장하기는 어렵습니다. 결국 우리가 잘할 수 있는 건 기존에 있는 것들을 섞어서 또 다른 새로운 걸 만들어 내는 것입니다.

저는 이렇게 자동차와 공학, 만들기를 좋아하는 장점을 살려 특성화 고등학교를 졸업했습니다. 고등학교에 재학 중이던 때, 우연히 우리 메이커 창작과와 긱블이 협업을 하는 기회가 찾아온 적이 있습니다. 제가 긱블과 첫 인연

을 맺게 된 계기입니다. 그때 우리가 만든 건 게임 〈포탈〉
에 나오는 '터렛'이라는 로봇이었습니다. 외국에서는 꽤
유명하지만 일반 사람들에게는 조금 생소한 주제였죠. 하
지만 오히려 지금의 우리만 해 볼 수 있는 재미있는 콘텐
츠가 될 것 같다는 기대감이 들었습니다. 그렇게 작품 스
케치부터 설계, 제작, 가공, 도색, 조립, 작동까지 전 과정
을 우리 손으로 진행했고, 프로젝트에서 저는 팀장이자 마
스터 치프로서 설계의 중요한 역할을 맡아 참여했습니다.
고등학생 신분이었지만 실제 설계 실무자에 버금갈 만큼
제 역량을 백분 발휘하여 퍼포먼스를 냈다고 자부하는 프
로젝트입니다.

그 프로젝트를 잘 마무리하고 저는 대학에 진학했습니
다. 하지만 순탄히 대학생활을 할 수는 없었습니다. 제가
대학에 입학한 2020년 코로나로 인해 개강이 무기한 연기
되었기 때문이었습니다. 학교 주변에 자취방까지 구해 놓
고 개강만 기다리고 있는 상황이었는데, 당시만 해도 온
라인 강의가 구축되지 않은 상태라 언제 상황이 좋아질지
알 수 없었죠.
저는 아무것도 하지 않고 가만히 있는 걸 하지 못하는

성격이라서 그 정체된 상황이 답답하기만 했습니다. 그 와중에도 만드는 걸 좋아하니 혼자서 뭐라도 뚝딱뚝딱 만들어 보며 시간을 보낼 수밖에 없었습니다. 그런데 때마침 함께 프로젝트를 진행했던 긱블의 민바크, 김민백 부대표에게 단기 협업 제안이 들어왔습니다. 저는 심심했던 차에 마침 잘됐다 싶어서 잽싸게 받아들였죠. 그렇게 긱블과 다시 만나 프로젝트를 진행하던 도중 정식으로 입사를 제안받았고, 결국 저는 대학 입학을 아예 취소하고 긱블에 입사하게 되었습니다.

대학을 가지 않아도 괜찮을까? 진로에 대한 고민이 없었던 것은 아닙니다. 더구나 취업도 잘 되는 과라서 대학에 가면 흔히 말하는 안정적인 로드맵을 고스란히 밟을 수 있었을 것입니다. 하지만 대학이 나의 강점을 살릴 수 있는 공간인지에 대해 의구심이 들었습니다. 특히 저는 대학에서 자동차 동아리에 들어가고 싶었는데, 한국 특유의 위계질서 때문에 1학년은 동아리에 들어가더라도 자동차 제작에는 참여할 수 없다는 얘기를 듣고 맥이 풀리기도 한 참이었습니다.

사회에서 제 나이는 어린 편이지만, 그래도 실력으로는

어디서 뒤지지 않는다는 자신감이 있었습니다. 내가 지금 당장 능력을 발휘할 수 있는 곳은 어딜까? 그런 고민을 하던 중에 긱블에서 함께 일하며 긱블이라는 회사가 하는 일이 내 적성에 잘 맞을 뿐 아니라 회사의 비전도 나의 가치관과 부합한다는 생각이 들었습니다.

물론 대학에서의 고등 교육은 필요합니다. 다만 대학은 그 자체가 목표가 아니라 그 이후에 어떤 일을 하기 위해서 교육을 받는 곳이기 때문에, 사람마다 필요에 따라서 선택할 수 있어야 한다고 생각합니다. 모든 학생들이 대학 입학이라는 일관적인 목표만 바라보고 공부하는 것은 무궁무진한 가능성을 벌써 한 겹 닫아 두는 일이 아닐까요? 대학을 나오지 않았다고 해서 사회적 관념에 휩쓸려 자신의 가능성을 닫아 버리는 것도 너무 아까운 일입니다. 자신의 한계를 누군가가 설정하게 두지 말고 자유롭게 열어 두어야 합니다.

그 가능성을 믿고 나아가는 것이 제 강점이기도 합니다. 제가 운이 좋아서인지 모르겠지만, 아직까지 저는 무언가 얻기 위해서 재미를 희생한 적이 없습니다. 고등학교 시절부터 관련 없는 직종에서 아르바이트를 하기보다는 제가 잘하는 시제품 제작으로 수익을 내기도 했죠. 항상 내가 좋아하는 일을 좇아왔기 때문에, 즐거워 보이는 긱블에 합류하는 건 대학을 포기하더라도 반가운 일이었습니다.

그렇게 저는 긱블에서 기계 장치의 설계와 개발, 제작을 주로 맡는 메이커이자 동시에 작업 공간인 메이커 스페이스의 관리 감독과 유지 보수를 담당했습니다. 제가 사랑하는 바퀴 달린 것들을 실컷 만지고, 만들고, 때로는 조금 엉뚱한 날개를 달아 주기도 하면서 말입니다.

전통 엔지니어가
샛길로 샌 이유

수드래곤의 한마디

정말로 좋아한다면 도전해 보세요.

리브에 모인
괴짜들

저는 어릴 때 전자제품 자체를 좋아했다기보다 뭔가를 뜯어보는 걸 좋아했습니다. 특히 전자제품 안에 빼곡하게 연결되어 있는 전자회로에 대한 궁금증이 많았습니다. 나사가 빠지면 끼우면 되고 부러지면 글루건으로 붙이면 되는데, 회로 선이 끊어지면 어떻게 해야 할까? 살짝 녹여서 붙이면 될 것 같긴 한데, 초등학생이 손대기에는 좀 어려웠습니다. 물론 나중에 알고 보니 더 깊은 공부가 필요한 문제였지만, 그때는 그 작은 기계들 안에서 도대체 무슨 일이 일어나고 있는 건지 제 손으로 알아보고 싶었던 것 같습니다.

덕분에 제 손에 운명을 달리한 전자제품들도 많았습니다. 제가 워낙 소형 전자기기에 관심을 보이니 초등학생 때 부모님이 큰 맘 먹고 mp3 플레이어를 사 주셨습니다. 아마 그때 가격이 몇십만 원은 했을 것입니다. 그런데 제가 들으라는 음악은 안 듣고 그걸 또 분해해서 들여다보다가 결국 망가뜨려 버렸습니다. 그러자 부모님께서 '忍(참을 인)'을 그리면서 1개를 더 사 주셨는데, 그걸 또 망가뜨렸죠. 글루건으로 덕지덕지 붙여서 어떻게든 사용하다가 결국 또 고장 내 버린 것입니다. 그 뒤로 다음 mp3가 생기기까지 꽤 오랜 시간이 걸렸습니다.

한번은 당시 초등학생들 사이에서 한창 유행하던 디지몬 게임기가 생겼습니다. 딸깍딸깍 흔들어서 숫자를 채우면 몬스터가 점점 강해지는 단순한 방식인데, 지금 생각해 보면 만보기와 비슷한 원리였던 게 아닐까 싶습니다. 그걸 또 뜯어서 가만히 들여다보니 추가 달려 있고, 추를 당겨 주는 스프링 구조물이 있었습니다. 순간 이걸 끊어 버리면 치트키가 될 것 같다는 생각이 번뜩였습니다. 실제로 그렇게 했더니 놀랍게도 효과가 굉장했습니다. 그쯤에서 멈췄으면 몬스터만 쑥쑥 키우고 끝났을 텐데……. 애매한 표면 접촉을 해결해 보겠다고 다시 게임기를 뜯었다가 결국 키우던 몬스터도 영영 떠나 보내야 했습니다.

망가뜨린 제품이 한 트럭이었지만 기계의 내부를 들여다보는 건 여전히 즐거웠습니다. 지금처럼 스마트폰이 발전하지 않았던 시기라, 좀 희귀한 스마트폰이나 카세트 플레이어 같은 제품을 직접 개발해 보고 싶다는 마음도 커졌죠.

전자회로를 들여다보면 전류의 흐름을 보게 됩니다. 십

자수를 해 본 적은 없지만 그런 느낌과 비슷하지 않을까요? 한 땀 한 땀 내가 원하는 모양을 만들어 내는 것처럼, 내가 원하는 동작이 있을 때 일종의 수로를 짜듯이 회로를 만드는 것입니다. 어디에서 넓어지고 좁아져야 할지, 언제 열리고 또 닫혀야 할지 설계하고 구현해서 원하는 동작을 만들어 내는 과정은 정말 매력적입니다. 이를테면 크리스마스 트리에 장식하는 전구를 단순히 켜지거나 깜빡거리게만 하는 것이 아니라 어떻게 깜빡거릴지 직접 설계할 수 있다는 것입니다. 엄청나지 않나요?

전자회로의 매력에 홀린 채로 성장한 저는 대학 진학 시기에 전기전자과를 10군데 지원했는데, 모두 떨어지고 의공학과 한 군데만 합격하게 되었습니다. 같은 공학이니 크게 다르지 않겠다는 생각으로 의공학과에 진학했죠. 의공학이란 의료에 사용되는 기기를 만드는 공학의 한 분야로, 만드는 기계가 의료기기라는 점을 빼면 사실상 전자과와 비슷합니다. 그래도 의료기기이다보니 생물학 관련 지식이 필요한데, 막상 생물 쪽으로는 큰 관심이 없어 공부를 하는 도중에 이리저리 방황을 많이 했습니다. 중간에 잠깐 창업도 하고, 가정용 의료기기 설계로 방향을 틀어 보기도 하고, 나중에는 석사 과정도 밟았는데 끝마치지 못했죠. 사회에서 말하는 정석대로라면 첫 직장부터 일관성 있게 경력을 쌓아 가야 하는데, 저의 경우 소위 말하는 망한 경력이 만들어진 것입니다.

부모님도 안정적인 엔지니어로 취업하기를 원하셨기에 여기저기 시도해 보았지만, 여전히 독특한 전자제품에 관심이 많아 전통적인 엔지니어로 살아가는 건 내 길이 아닌 것 같다는 고민이 들었습니다. 특히 엔지니어는 기본적으로 비용과 성능의 균형을 고려해야 하는데, 제가 집착하는 건 그 분야랑은 좀 달랐죠. 제 고민은 항상 '어떻게 해야 좀 더 아름다운 회로가 될까?'라는 것이라서, 돈을 벌어다 줄 제품을 만들어야 하는 시장의 관점과는 맞지 않았습니다. 사업을 해야 하나, 영업을 해야 하나, 가만히 있지 못하고 여기저기 방황하는데 그때 마침 긱블의 채용공고를 보았습니다.

대학생 시절부터 주변에 긱블의 팬이 많았고, 저도 긱블을 좋아하는 사람 중 한 명이었습니다. 주변에서는 '너 하는 거랑 비슷하다'면서 제게 긱블 입사를 추천하는 친구들도 많았죠. '하고 싶은 일을 그냥 취미로 남겨 둘 수도 있겠지만 어쩌면 이걸 내 직업으로 삼을 수도 있지 않을까?'라는 생각이 들었습니다. 나중에 더 나이가 들고 가족이 생기면 새로운 도전을 하기가 어려워질 수도 있으니, 지금 도전의 길을 가 봐야 후회가 없겠다는 결심이 섰습니다.

시장성은 없더라도 진짜 만들고 싶은 걸 만들고 싶어 최종적으로 긱블에 합류했습니다. 전통 엔지니어로서의 커리어는 망했을지 몰라도, 안 팔리지만 멋진 제품을 만들 수 있다는 건 제게 딱 들어맞는 일이었죠. 이전에 의료기기 개발을 하면서 쌓았던 경험이 긱블에서 전자회로를 이용해 다양한 시도를 하는 데에도 많은 도움이 되었습니다.

긱블의 메이커는 사람들의 상상력을 현실에서 구현해 내는 사람들입니다. 인터넷에 돌아다니는 해외의 우스갯소리 중에서 '고기를 2만 3,034번 때리면 구워진다'는 내용이 있었습니다. 긱블은 그런 내용을 발견하면 실제로 고기를 때리는 기계를 제작해서 만들고 그 기술적인 원리를 보여 줍니다. 정말 가능할까? 하고 생각만 했을 법한 엉뚱한 시도를 직접 해 보는 것입니다.

자본주의 시장에서 대부분의 분야가 그렇듯이 과학과 공학의 영역에서도 경제성은 반드시 고려해야 하는 중요한 요소입니다. 판매가 중요한 자본주의 경제의 논리로 본다면 긱블에서 만드는 건 대부분 쓸모없는 것에 가깝죠. 긱블의 제품은 대량 생산하여 판매할 수도 없고 또 그럴 이유도 없으니까요. 하지만 회로의 성능과 쓸모보다 재미와 아름다움을 추구하는 관점으로 접근하는 사람들이 있다고 해서 나쁠 게 있을까요?

긱블의 메이커들은 훌륭한 공학자는 아닐지 모르지만, 훌륭한 공학자를 꿈꾸게 하기 위한 영감을 불어넣는 역할을 합니다. 경제적 관점에서 쓸모없는 긱블의 작품이 누군가에게 공학을 꿈꾸게 하는 영감이 된다면, 긱블의 입장에서는 그것이야말로 가장 쓸모 있고 또 가치 있는 작품일 것입니다.

군복을 벗고 카메라를 들다

갈퀴의 한마디

긱블에 오기 전 저는 공군 장교로 오랫동안 복무했다는 사실, 알고 계셨나요? 대한민국의 하늘을 지키던 제가 어떻게 해서 긱블의 영상을 만드는 PD가 되었는지 그 과정을 이야기해 보겠습니다. '하고 싶은 일' 앞에서 고민하고 계신 많은 분들이 용기를 낼 수 있길 바라며!

저는 부모님 두 분이 모두 과학 선생님이셨습니다. 그 영향이었는지 어릴 때부터 과학을 좋아했고 과학 관련 책이나 천문 관측 등의 활동에도 흥미가 많았죠. 한때는 꿈이 과학자일 정도였는데, 그때만 해도 과학은 제게 취미에 가까운 것이었기 때문에 실제로 관련된 진로를 선택하겠다는 뚜렷한 목표가 있던 건 아니었습니다.

긱블에 오기 전까지는 과학과 아무런 상관도 없는 사관학교 생도로 들어가 공군 장교로 복무하고 있었습니다. 생도 시절에는 카메라를 들고 다니면서 자주 사진을 찍었는데, 좋은 카메라를 들고 다니니 어느 날 한 동기가 영상을 찍어 달라는 부탁을 했습니다. 처음에는 귀찮은 마음에 미루고 미루다가, 어차피 카메라에 영상 기능이 있기는 하니까 한번 찍어 보기로 했는데 그게 생각보다 재미있었습니다. 순간을 그대로 기록하는 사진도 매력적이지만 영상은 또 다른 생생함이 있었고, 내가 의도한 대로 스토리나 메시지가 담기는 것도 흥미로웠습니다.

자주 영상을 찍다 보니 영상으로 사람들과 소통하는 느낌, 영상의 흐름을 따라가며 보는 사람들과 감정 교류가 일어나는 느낌이 좋았습니다. 영상을 본격적인 취미로 시작하면서 군 생활 동안에도 공모전 같은 다양한 활동에 많이 참여했죠. 그러다 보니 어느 순간부터는 영상이 취미를 넘어 내가 좋아하고 잘할 수 있는 일이라는 확신이 생겼고, 조금이라도 젊을 때 온전한 노력을 쏟아 보고 싶다는 욕심이 생겨 아예 전역하고 새로운 커리어에 도전하게 되었습니다.

주변에서는 다 말렸습니다. 물론 저도 현실적인 요소를 고려하면 걱정이 많은 것도 사실이었습니다. 지금껏 사관학교 재학 기간을 포함해 군복을 9년이나 입고 있었는데 영상 업계에서는 신입으로 처음부터 시작해야 했으니까요. 그간 해 온 일과 전혀 다른 분야에 도전한다는 게 한편으로 두렵기도 했습니다. 하지만 당장 현실적인 걱정보다는 내가 설령 큰 성공을 거두지 못하더라도 한 번은 후회 없이 최선을 다해 보고 싶은 마음이 컸습니다.

제가 본격적으로 영상 관련한 일을 시작할 무렵이었습니다. 마침 긱블에서 영상 제작 역량을 가진 사람을 원한다는 소식을 들었습니다. 저는 영상으로 메시지를 전달하고 소통하는 것을 좋아했는데, 마침 그 주제가 내가 좋아하는 과학이라는 사실이 너무나 반가웠죠. 게다가 스타트업이라는 점도 저와 잘 맞았습니다. 저는 열심히 노력하는 과정이 눈에 보이는 변화로 나타나는 일을 하고 싶었는데, 그러려면 대기업보다는 스타트업에서 내 힘으로 변화를 만들어 가는 게 즐거울 것 같았습니다.

긱블은 과학, 영상, 스타트업까지 제가 좋아하는 3가지가 모두 맞아떨어지는 곳이었습니다. 공군 장교를 그만두고 새롭게 영상 관련 커리어를 시작한 저도 충분히 무언가를 기여할 수 있는 회사라고 생각했습니다. 다행히 너무나 좋은 사람들을 만나서 좋아하는 일을 하고, 많은 분들의 사랑을 받으며 감사하고 행복한 마음으로 성장해 가고 있습니다.

몇 년 전에는 6.25 전쟁 70주년 해를 맞아서 특별한 작품을 기획했습니다. 휴전선 인근에 6.25 당시 폭격으로 인해 운행을 멈춘 채 70년 동안 그대로 남아 있는 기차가 있는데, 실제로 6.25 전쟁에 사용된 탄환의 탄피를 이용하여 그 기차를 재현하는 것이었습니다. 긱블에서 평소에 다루던 것과 달리 다소 무거운 주제라서 내심 걱정도 했는데, 영상을 본 많은 분들이 다시 한번 참전 용사님들을 떠올리며 아픔에 공감해 주셔서 감사했습니다. 영상을 통해 마음에 와닿는 메시지를 전할 수 있어 뜻깊었을 뿐 아니라, 개인적으로 저의 할아버지께서도 6.25 참전 용사셨기 때문에 더 의미 있는 작업이었습니다.

아직도 가끔은 제가 공군 장교가 아니라 긱블의 갈퀴로 카메라를 들고 영상을 담고 있다는 사실이 새삼스럽기도 합니다. 공군 장교에서 긱블로 오기까지 어찌 보면 커리어를 완전히 뒤집는 큰 결정이었지만, 한편으로는 그때와 지금의 마음가짐은 일맥상통하고 있습니다. 사회에 쓸모 있는 사람이 되고 싶어서 사관학교에 갔는데, 지금도 마찬가지로 영상을 통해 누군가의 마음을 움직이거나 세상의 작은 변화에 기여하기 위해 일하고 있으니 말입니다. 서 있는 곳은 다르지만 이 길 역시 제가 원하는 모습에 한 걸음 가까워지고 있는 길인 것은 분명합니다.

장단역 기차를 재현해 보았습니다

로봇에게 배운 인생 최초의 희열

나모의 한마디

저는 밤새도록 로봇을 만들고 움직여 보는 게 너무 재미있었어요. 여러분들이 지금 제일 재미있게 하는 것은 무엇인가요?

어릴 때 집 근처에 로봇 학원이라는 게 새로 생겼습니다. 이미 로봇에 푹 빠진 초등학생이었던 저는 집 앞에 전단지가 붙어 있는 걸 보고 잔뜩 흥분해서 엄마에게 달려갔죠. 뭘 배우는지도 잘 모르면서 일단 그 매력적인 간판에 홀린 것입니다. 당시 구입해야 했던 로봇 키트 값이 50만 원 정도 했던 걸로 기억이 나니 꽤 부담스러운 가격이었지만, 하도 다니고 싶다고 울고불고 조르는 바람에 부모님이 결국 학원을 등록해 주셨습니다.

애니메이션에서 불꽃을 쏘고 하늘을 날아 다니는 로봇을 보는 것도 좋았지만, 로봇을 직접 손으로 만지는 매력은 차원이 달랐습니다. 심지어 내가 직접 로봇을 만들 수 있다니 정말 멋진 일이지 않나요? 로봇 학원에서는 각종 키트를 이용해서 철봉 도는 로봇 같은 걸 만들기도 하고, 간단한 대회용 로봇을 만들기도 했습니다. 원 안에 로봇 2대가 들어가서 상대를 원 밖으로 밀어 내면 이기는 규칙이었죠. 어떻게 보면 단순한 동작에 불과하지만 그게 성공했을 때의 성취감은 어마어마했습니다.

덕분에 학창 시절 내내 저는 로봇의 매력에서 헤어나오지 못하는 아이였습니다. 고등학생 때까지도 학업을 하는 중간중간 선생님께 야간자율학습을 빼 달라고 졸라서 로봇 관련 대회에도 꾸준히 참여했습니다. 로봇 대회는 기본적으로 직접 만든 로봇을 프로그래밍하여 그 결과를 선보이는 방식인데 종류가 굉장히 다양합니다. '라인 트레이서'라고 해서 검은색 줄을 따라가는 로봇, 빠르게 도는 로봇, 어느 포인트에서 미션을 수행하고 도착지에 도달하는 로봇 등 대회장에서 로봇이 내가 의도한 대로 움직여야 통과할 수 있습니다.

어떻게 보면 반려견 어질리티 대회와도 비슷할 수 있는데, 보호자와 선수의 호흡이 중요하다는 점뿐만 아니라 변수가 많다는 점이 특히 그렇습니다. 만반의 준비를 해도 로봇은 절대 내가 짜 놓은 코드대로 순순히 움직이지 않습니다. 될 때보다 안 될 때가 더 많죠. 그러면 그 원인을 하나하나 분석해서 해결해야 하는데, 그걸 해결해 내면 머리가 쭈뼛 설 만큼 짜릿했습니다. 시 대회, 도 대회, 전국 대회로 차례차례 올라가면서 내 로봇이 내가 의도한 대로 완벽하게 움직이고 그게 최상의 결과물로 이어졌을 때!

☞ 반려견 어질리티(Agility) 대회: 개로 하여금 여러 개의 장애물을 통과하여 목적지까지 달리게 하는 일종의 장애물 달리기.

그때의 희열은 무엇과도 비교할 수 없을 것입니다.

　로봇을 움직이는 핵심은 결국 소프트웨어이기 때문에 대학은 컴퓨터공학과로 진학했습니다. 졸업 후에는 대학원이나 군대를 가야겠다고 생각하고 있었는데, 그때 마침 긱블의 채용 공고를 보게 되었습니다. 큰 목표나 방향성을 가지고 살아가기보다는 그냥 좋아하는 것이나 그때그때 꽂힌 것에 몰두하는 스타일이라, 취향에 딱 들어맞는 긱블을 보자 이건 운명이라고 생각해 바로 지원했습니다. 막연하게 로봇 관련 회사를 가고 싶기도 했고 한창 인공지능에도 빠져 있었는데, 긱블은 그 모든 걸 다 할 수 있는 곳이었기 때문입니다.

　저는 워낙 자유분방한 스타일이라 일반 회사와는 어울리지 않을 것 같다고 생각했는데, 긱블은 초창기부터 여타 회사와는 꽤 달랐습니다. 분위기도 자유로운 편이이었고, 무엇보다 메이커로서 무언가 만들기 위한 재료를 비롯해 시간, 공간을 최대한 지원해 준다는 점이 좋았습니다. 시청이나 구청에 무언가 만들 수 있는 공간이 작게 마련되어 있기도 하지만 이런 공간을 이용하려면 신청 절차를 밟고 짧은 시간 동안 사용해야 하는 것이 대부분입니다. 그런데 긱블은 24시간 내내 무언가 만들 수 있기 때문에 메이커에게는 최고의 환경이 아닐까 싶습니다.

로봇에 홀렸던 초등학생이 자라 지금은 긱블에서 무엇이든 뚝딱 만들어 내는 메이커로 활약하고 있습니다. 설계, 3D 프린팅, 용접, 가공, 전자설계, 로봇, AI 소프트웨어 등 넓은 범위의 메이킹을 손 닿는 대로 뭐든지 합니다. 중간에 군대를 다녀오면서 공백기가 있기는 했지만 처음부터 지금까지 즐겁게 만족하면서 함께하고 있습니다. 좋아하는 것이 직업이 되는 것을 막연히 꿈꾸고 있었는데, 좋아하는 메이킹을 마음껏 할 수 있는 환경에서 일할 수 있다는 건 저에게는 최고의 행운입니다.

긱블쳐럼, 아니 긱블과는 다르게

키쿠의 한마디

We are all Makers! 우리는 모두 메이커입니다!

저는 원래 긱블 채널의 구독자였습니다. 긱블의 영상을 보면 상상으로나 떠올릴 법한 스케치를 현실에서 뚝딱뚝 딱 만들어 가는 메이커들의 모습이 정말 멋있게 느껴졌고, 작품을 완성하고 시연하는 모습에서 즐거움과 행복감이 그대로 전해지는 듯했죠. 보는 것만으로도 좋았지만 가끔 씩 영상 속 메이커들이 만든 방식과는 다르게 나만의 작 품을 만들어 보기도 했습니다. 때로는 더 재미있고 기발한 아이디어를 떠올리면서 은근히 저도 메이커의 꿈을 키워 나갔습니다.

어릴 때부터 워낙 혼자서 손으로 뭔가 만들거나 실험하 는 걸 좋아하는 성격이었습니다. 수학, 과학의 원리나 이 론을 이해하는 게 재미있었고, 이를 이용하여 공학에 적용 하는 것은 더욱 흥미로웠습니다. 고등학교 때는 혼자 소리 의 주파수에 따라서 불의 파동이 바뀌는 실험을 해 보고 블로그에 기록한 적이 있는데, 몇 년 후에 긱블에서 똑같 은 실험을 하는 걸 보고 신기했던 적도 있었습니다. 어떻 게 보면 저도 긱블이 하는 일을 혼자서 하고 있었던 셈이 었죠.

집에서 레고 내부에 발사 장치를 넣어서 무기처럼 만들

어 보고, 전자회로를 이용해서 꿈틀거리는 뱀 로봇을 만든 뒤 그걸 영상으로 만들어 올리기도 했습니다. 누군가에게 보여 주려고 했다기보다는 내가 재미있어서 다시 보려고 기록 삼아 올렸던 영상들이었습니다. 지금 보면 조잡한 것도 많지만, 추억이 되는 것 같아 일부러 지우지 않고 남겨 두었답니다.

제가 사는 집은 주택인데, 부모님께서 창고가 필요하다고 하시길래 직접 집 옆의 공터에 창고를 만든 적도 있습니다. 혼자 책을 보며 목공 공부를 했고, 업체를 알아 봐서 벽돌을 구매하고 나무도 재단했죠. 건축을 배운 것도 아니면서 창고를 혼자 짓겠다고 하니 부모님이 내심 못 미더우셨을 수도 있겠지만, 직접 해 보고 싶어서 부모님에게 발표 자료 30장을 만들어 가며 계획을 발표했습니다. 재료비나 필요한 업체 등을 다 조사해서 300만 원의 예산도 설정했습니다. 어릴 때부터 하고 싶은 게 있을 때마다 어디에 비용이 필요하고, 이 일에는 어떤 현황과 미래가 있는지 정리해서 부모님을 설득하다 보니 비슷한 종류의 발표 자료가 굉장히 많습니다. 부모님께서 감사하게도 제가 하려는 일을 믿고 응원해 주셔서, 요청하는 내용을 살펴보시고 매번 큰 터치 없이 지원해 주셨습니다. 이런 경험들이 쌓여 세상에 없는 물건을 설계하고 만들어 내는 지금의 제 모습이 되지 않았을까 생각해 봅니다.

무언가 연구하고, 개발하고, 만들어 내는 사람이 되고 싶어서 자연스럽게 대학은 전자공학과로 진학했습니다. 보통 전자공학과를 졸업하면 반도체 쪽이나 전자회로 관련 일을 하게 되거나, 혹은 다른 학과와 융합해서 일하는 방향으로 취업합니다. 예를 들어 로켓을 만든다고 하면 단순히 발사만 하는 것이 아니라 흔들림을 잡아 주는 센서도 있어야 하고, 궤도를 예측하거나 제어해 줘야 합니다. 또 우주 밖으로 나가려면 연료도 가벼워야 하기 때문에 각기 센서 전문가, 제어 전문가, 연료 전문가 등 다양한 분야의 사람들이 협업하게 되는 것입니다. 저도 그중 한 사람이 되고 싶어서 원래는 국방과학연구소나 항공 연구원 같은 진로를 꿈꾸었습니다.

그런데 우연히 어릴 적부터 지켜보던 긱블의 메이커 채용 글을 보게 되었습니다. 당시만 해도 긱블은 회사라기보다 직원이 많지 않은 작은 스타트업 느낌이 강했지만, 인

턴으로 짧게라도 경험 삼아 체험해 보고 싶다는 마음이 들었습니다. 저도 이미 나름대로 메이커였다고 생각했기 때문에 긱블이 해 오던 일과 잘 맞을 것 같았고, 또 저만의 방식이나 아이디어를 비슷한 사람들과 공유해 보고 싶기도 했죠. 다소 충동적인 합류 계기일지도 모르겠지만 결과적으로는 지금까지 쭉 긱블에서 함께하고 있습니다.

그 무렵 대학은 자퇴했습니다. 대학원까지 가지 않는 이상 학부 시절에 배우는 내용은 중·고등학교 때 배우던 것과 크게 다를 게 없는 것 같았고, 이 시간이 내 삶에 큰 도움이 되지 않을 거라는 생각이 들었습니다. 학교에서 배우지 않아도 내가 더 잘할 수 있다는 자신도 있었습니다. 원래 새로운 기술을 접하면 그걸 혼자 공부해서 어느 단계까지 완성시키는 걸 좋아하기도 하고, 손재주가 좋아서 만들기를 잘하는 편이라 근거 없는 자신감은 아니었다고 믿고 있습니다.

긱블에는 원래 전자 파트의 메이커로 들어왔지만 지금은 설계, 3D 프린팅, 용접, 코딩까지 손 닿는 대로 뭐든지 하고 있습니다. 다양한 분야를 공부하고 습득하는 걸 좋아해서 각 분야의 기술을 접목하여 더 괴짜스럽고 특이한 형태의 작품을 제작할 수 있다는 게 저의 강점이기도 합니다.

5장

락붕이라면 할 수 있어

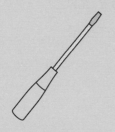

조금 비틀면 다른 세상이 보인다

잭키의 한마디

쓸모가 없다고 필요도 없는 건 아닙니다.

애플은 허름한 차고에서 스티브 잡스, 스티브 워즈니악 같은 공돌이들이 모여 무언가를 깨작깨작 만들어 내면서 시작됐습니다. 하지만 한국은 지리적 특성상 집집마다 쓸 수 있는 차고나 앞마당 같은 공간이 없다 보니 이와 같은 개러지 DIY(차고에서 고치고 만드는 것) 문화가 발생하기 어렵습니다. 대부분 아파트 같은 공동 주택에 살기 때문에 무언가를 뚱땅거리고 있으면 이웃집에 소음이 발생하게 되고, 부모님도 그럴 시간에 공부를 하라고 말씀하십니다. 그래서 어느 시점부터는 무언가를 고치거나 만드는 것이 쉽지 않은 일이 되는 동시에 자신과는 먼 이야기라고 생각하게 되는 듯합니다.

하지만 생각해 보면 우리는 모두 무언가를 만들 수 있는 능력을 가지고 있고, 또 만들면서 성장했습니다. 제가 어렸을 때 제일 먼저 만들었던 건 바로 종이비행기였습니다. 동네에 여기저기 떨어져 있는 전단지를 주워서 비행기를 만들어 날린 기억 하나쯤은 있지 않나요? 단순한 종이비행기에도 여러 가지 역학적인 힘이 숨어 있습니다. 사실 어릴 때 손쉽게 만드는 것과 엔지니어들이 오랫동안 공부해 어렵게 만드는 것들의 근본적인 원리는 크게 다르지 않습니다. 막상 해 보면 그리 어렵지 않은데도, 나이가 들면 들수록 무언가 만들기 자체를 아예 시도조차 하지 않는 사람들이 많은 것 같습니다.

긱블은 이런 DIY 문화, 즉 메이커 문화를 알리고 싶다는 사명감을 가지고 있습니다. 많은 사람에게 흥미롭게 다가가기 위해서는 고리타분한 기계보다는 창의력과 재치를 가진 기계가 더 눈길을 끌 것입니다. 자동차가 하늘을 날면 어떨까? 우리가 순간 이동을 할 수 있다면 어떨까? 누구나 한번쯤 이런 상상을 해 보았을 것입니다. 긱블은 그런 다양하고 참신한 상상을 때로는 기발하고 때로는 엉뚱한 방식으로 현실에 옮겨 만드는 사람들입니다. 자신이 상상했던 모습을 영상을 통해 현실에서 보게 된다면 그것만큼 흥미로운 일이 있을까요?

물론 흥미로울 뿐 당장 유용하지는 않을지도 모릅니다. 그럼에도 긱블 메이커들은 그 쓸모나 당장의 무용함에 집중하지 않습니다. 알고 보면 쓸모 있는 것과 쓸모 없는 것은 종이 한 장 차이이기 때문이죠. 한 예로, 긱블에서 만든 '먹고 싸는 스팟'은 보스턴 다이나믹스 Boston Dynamics 의 사족 보행 로봇에 우리가 개발한 특수 장치를 달아 로봇 강아

긱블이라면
할 수 있어

지가 물을 마시고 소변을 보는 듯한 연출을 하도록 제작한 것입니다. 1억짜리 로봇이 마치 강아지처럼 물을 마시고 소변을 누는 모습은 많은 사람의 관심을 끌었지만 이 로봇이 실용적이라고는 할 수 없겠죠.

하지만 여기서 조금만 비틀어 보면 어떨까요? 이 로봇이 만약 화재 현장에 찾아가 물을 뱉는다면 소방 로봇이 되고, 산에서 조난자를 찾아가 영양분이 섞인 물을 제공한다면 생존을 도와주는 구조 로봇이 될 수도 있습니다. 쓸모 없는 것은 쓸모 있는 것의 작은 시발점이 될 수 있다는 뜻입니다. 아무리 좋은 아이디어도 아이디어에 머문다면 무의미하지만 그것을 현실로 옮기려는 시도가 이루어지는 순간부터 의미가 발생합니다. 아주 사소한 것이라도 시도하는 것이 바로 혁신의 시작입니다.

먹자마자 싸는 로봇 개

어쩌면 긱블이기에 할 수 있는 일

민바크의 한마디

저는 과학과 공학이 너무 재미있었습니다. 그 경험을 여러분에게도 공유하고 싶어요!

긱블이라면
할 수 있어

미국의 유명한 TV 게임 쇼 〈거래를 합시다 Let's Make a Deal〉에서 시작되어 굉장한 논쟁을 불러 일으킨 유명한 난제, '몬티 홀 딜레마 Monty hall problem'라는 것이 있습니다. 이 문제의 내용은 이렇습니다. 3개의 문이 있는데 그중 1개의 문 뒤에는 멋진 스포츠카가 있고 나머지 2개의 문 뒤에는 염소가 있습니다. 즉 1개는 당첨이고 2개는 꽝이죠. 참가자가 하나의 문을 선택하면 진행자는 일부러 '꽝'인 문을 하나 열어 보여 준 다음, 선택을 바꿀 수 있는 기회를 줍니다. 이때 직관을 믿고 바꾸지 않는 게 유리할까요? 아니면 바꾸는 것이 유리할까요? 언뜻 보면 3개의 문이 각각 33.33%의 확률을 가지고 있는 것처럼 보이지만, 결과적으로는 여기에서 바꾸거나 바꾸지 않는 선택에 따라서 당첨 확률은 2배나 차이가 납니다.

긱블에서는 이와 관련된 수학적인 설명을 이론적으로 풀기보다 실제로 구독자 분들을 모시고 직접 실험해 보기로 했습니다. 그동안 긱블 영상에 자신도 직접 경험해 보고 싶다는 댓글이 많았는데, 실제로 이 실험에 참여하기 위해서 회사 앞에 길게 선 줄을 보면서 감사하고도 인상 깊었던 기억이 납니다. 늘 그런 분들에게 영상으로든 교육 프로그램의 형태로든 우리가 콘텐츠에서 느꼈던 감정을 느끼게 해 드리고 싶었기에 이 '몬티 홀 딜레마' 콘텐츠는 우리가 과학과 공학을 무대로 정말 함께 즐기고 있다는 게 실감 났던 콘텐츠였습니다.

이러한 실험 콘텐츠 외에도 2023년도부터 긱블에서는 초등학생과 중학생을 대상으로 각종 교육 프로그램을 운영하기 시작했습니다. 2박 3일간 긱블과 함께하는 여름방학 캠프를 비롯해 직무 교육을 원하는 성인 대상의 프로그램까지, 오프라인 활동을 계속 확장하는 중입니다. 긱블 영상에서 과학과 공학에 대한 주제를 녹이고 있기 때문에 오프라인 교육에서도 많은 분들이 친근해 하시고 쉽게 체험합니다. 몇몇 분들은 '나 이거 유튜브에서 봤어!'라면서 더욱 적극적으로 참여하시기도 합니다.

긱블이 엉뚱하고 재미있는 작품을 만드는 것을 넘어 실제로 사람들을 만나 교육 프로그램을 운영하고자 하는 가장 큰 이유는 무엇보다 이 재미있는 세상을 모두가 직접 경험하길 바라기 때문입니다. 지금까지는 영상 콘텐츠를 통해 과학과 공학이 어렵고 피하고 싶은 주제가 아니라 재밌게 즐길 수 있는 주제라는 사실을 전달했다면, 앞으로는 교육을 통해서도 전달하고 싶은 마음입니다. 특히 이런 세상이 있는 줄 모르거나, 혹은 예전의 저처럼 과학과 공학을 경험해 볼 기회가 없었던 사람들에게 새로운 경험을 안겨 주고 싶다는 개인적인 바람도 있습니다.

학교에서 수학이나 과학을 배우다 보면 꼭 중간쯤에 통 모르겠다 싶어 포기하는 일명 '수포자'들이 생깁니다. 수학이나 과학을 바탕으로 하는 교육 활동들도 아직 크게 흥미를 일으킬 만큼 재미있는 프로그램이 많지 않습니다. 수학이나 과학도 얼마든지 재미있게 배울 수 있는데 말입니다. 음악이나 체육 같은 예체능뿐 아니라 이공계 학문도 굉장히 재미있는 일을 할 수 있는 재료가 된다는 사실을 제일 잘 전달할 수 있는 조직이 바로 긱블이 아닐까요?

감사하게도 전국의 학교나 기관에서도 많은 강연 요청을 주십니다. 기존 업무와 병행해야 하다 보니 자주 가지는 못하지만 시간이 되면 가능한 한 참여해서 어린 과학자, 공학자 꿈나무들을 만나려고 합니다. 현장에 가면 힘든 점도 있지만 오히려 많은 에너지를 받아올 때도 많습니다. 유튜브 댓글로 많은 응원을 받으면서도 피부로 실감하기는 어려울 때가 있는데, 오프라인에서 실제로 긱블 때문에 과학과 공학에 관심이 생겼다는 분들을 만나면 우리 역시 다시금 동기 부여를 받습니다. 초등학생 때 구독자였던 친구가 이번에 기계공학과에 가게 되었다는 소식을 들려주어서 참 뿌듯했던 기억도 납니다.

긱블의 교육 프로그램이 진로에 대한 선택지를 조금이라도 넓힐 수 있다면 좋겠습니다. 많은 분들이 진로에 대해 고민하겠지만, 일차적으로는 자신이 좋아하는 것을 찾기 위한 많은 경험이 필요합니다. 교과서에서 배울 때는 큰 흥미가 없었던 과목이 뜻밖의 간접 체험을 통해 와닿을 때도 있습니다. 내가 흥미가 있는지 없는지 확인할 만한 제대로 된 기회가 없다면 너무 아쉽지 않을까요?

저뿐만 아니라 긱블의 메이커들이 공통적으로 느끼는 것은 결국 돌고 돌아도 자신이 진짜 좋아하는 일을 찾았을 때 가장 열정을 발휘할 수 있게 된다는 점입니다. 재미있긴 한데 내가 잘할 수 있을까? 좋아하는 일 같기는 한데 굳이 이 일을 해야 할까? 그렇게 갈팡질팡하면서 길을 찾다가도 언젠가는 결국 마음이 끌리는 일로 향하게 됩니다. 실제로 메이커들 중에서도 현실적인 이유 때문에 다른 직장에 다니다가 우연한 기회로 인연이 닿아 결국에는 긱블에 합류하게 된 분들도 있습니다.

설령 지금 좋아하는 일을 하고 있지 않더라도 그것조차 언젠가 좋아하는 일에 닿기 위한 경험이 될 수 있으니 너무 걱정할 필요는 없습니다. 그 시기가 언제 올지는 모르지만, 뒤늦게 좋아하는 일을 찾게 된다면 지금까지의 경험이 오히려 자양분이 될테니까요.

긱블은 지금 이 순간에도 과학과 공학에 관련된 경험의 폭을 확장하고 그 안에서 느낄 수 있는 즐거움과 가능성을 생생하게 전달할 수 있는 다양한 방법을 찾고 있습니다. 그건 어쩌면 긱블이기에, 긱블만이 할 수 있는 역할이라고 생각합니다.

몬티 홀 딜레마

영상으로 누군가의 마음을 움직이는 일

태정태세의 한마디

저는 과학과 공학이라는 주제를 벗어나더라도 제 영상으로 사람의 마음을 움직이는 일을 하고 싶습니다. 제 일을 사랑하는 마음이 긱블에서도 긍정적인 효과를 불러왔던 것 같아요. 여러분도, 여러분이 사랑하는 일이 있었으면 좋겠습니다.

제가 영상을 만들고 싶은 이유는 영상이 사람들에게 닿아 조금이라도 마음이 움직여 행동으로 옮겨지는 실마리가 되길 바라기 때문입니다. 그렇게 공들여 제작한 영상 중에서도 특히 마음을 많이 쏟아 기억에 남는 콘텐츠들이 있습니다. 그중 하나는 바로 보신각을 구현했던 일입니다.

2020년, 코로나 시기에 각종 행사들이 취소되면서 1953년 이후 최초로 보신각 제야의 종이 울리지 못하게 된 일이 있었습니다. 긱블 팀원들은 아쉬운 마음에 작게나마 보신각 종을 구현하여 제야의 종을 울려 보자고 마음을 모았습니다. 그래서 찾아간 분이 실제로 보신각 종을 만드셨던 국가무형문화재 112호 원광식 주철장 선생님이었습니다. 주철장은 쇠를 녹여 각종 기물을 만드는 장인을 뜻하는데, 보신각 종도 쇠를 녹여서 만든 범종입니다. 그분을 만나 작은 보신각 종을 재현해 보고 싶다는 뜻을 전하자 기꺼이 우리와 함께해 주시기로 했습니다. 가장 발달된 현대적인 과학과 공학을 다루는 긱블과 옛것을 다루는 무형문화재 주철장 선생님이 힘을 합쳐 무언가를 만들어 낸다는 사실 자체가 묘하면서도 설렜습니다.

결국 우리는 실제로 작은 사이즈의 보신각을 그대로 구

현해 냈습니다. 새해가 되자마자 직접 만든 작은 보신각 종을 울렸죠. 누구나 익히 알고 있는 익숙한 소리가 울려 퍼졌습니다. 그 순간의 뿌듯함도 잊을 수 없지만, 특히 긱블 역시 손으로 무언가를 만드는 사람들이기 때문에 우리의 목소리로 무형문화재 분들에 대하여 조명할 수 있었다는 점도 의미가 깊었습니다. 국가적으로 무형문화재에 대한 지원이 많지 않고 그 가치를 대우해 주지 않는 듯해 안타까웠는데, 그분이 왜 60년 넘게 이 일을 해 오셨는지, 그 원동력은 무엇이었는지 등에 대한 인터뷰까지 담으면서 많은 분들이 관심을 갖고 응원을 보내 주셔서 기뻤습니다.

그 외에도 긱블의 콘텐츠가 실제로 많은 분들에게 와닿고 영향력을 줄 수 있다는 걸 느껴 감사했던 콘텐츠 중의 하나는 바로 '무한동력 구슬멍'입니다. 어느 날 인터넷에서 '드디어 무한동력이 발견되었습니다'라며 떠도는 영상을 하나 보았습니다. 롤러코스터처럼 경사진 레일 위에서 구슬이 끊임없이 왔다 갔다 움직이는 영상이었죠. 사실 공기 저항과 마찰력이 있는 현실 세계에서 공이 그렇게 끊임없이 순환한다는 것은 불가능한 일입니다. 이 영상은 어떻게 된 것이었을까요?

확인을 위해 긱블이 나서서 직접 무한동력을 만들어 보기로 했습니다. 이론적으로는 불가능할 것 같은데 만들다 보니 몇 번의 시행착오 끝에 '무한동력처럼 보이게 하는 것'은 가능하다는 걸 확인할 수 있었습니다. 이 실험 과정을 담은 '무한동력 구슬명' 영상은 무려 800만 조회 수를 넘겼습니다. 이게 가능하다는 걸 확인했을 때 엄청난 희열을 느꼈기 때문에 그걸 영상을 보는 분들에게도 전해 드리고 싶은 마음에 무한동력 키트를 생산해 판매도 해 보았습니다. '관심을 가져 주실까?' 싶기도 했는데 뜻밖에도 정말 많은 분이 체험해 보고 싶다며 구매하셨습니다. 아이가 관심을 보인다며 구매하신 부모님들도 많았죠.

지금까지 우리가 하는 일이 사람들에게, 또 과학과 공학을 꿈꾸는 아이들이나 부모님들에게 잘 도달하고 있을지 궁금했습니다. 무한동력 키트 판매는 실제로 많은 분들이 이런 놀잇감을 오히려 기다리고 있었다는 걸 확인하는 기회가 되었습니다. 덕분에 다음 키트 사업을 이어가는 데 큰 동력이 되기도 했고, 이런 작품들을 직접 만나 볼 수 있는 오프라인 행사도 많이 열게 되었습니다. 코로나 이전까지는 이공계에 진학하고 싶은 청소년 학생들이 긱블의 오프라인 행사에 많이 참여했는데, 코로나 이후 몇 년 사이에 오히려 20대가 적어 보일 만큼 부모님과 어린 아이들의 비중이 확 늘었습니다. 코로나 때 무슨 일이 있었는지 모르겠지만 긱블의 소비층이 많이 바뀌고 있다는 것도 느꼈습니다.

재미있는 건 오프라인 전시관의 풍경입니다. 어떤 전시관이나 박물관에 가면 보통 부모님이 아이에게 배경지식에 대한 설명을 해 주기 마련이죠. 그런데 긱블 전시관에서는 아이들이 부모님에게 가르쳐 주는 모습을 더 많이볼 수 있습니다.

"엄마, 아빠. 이걸 왜 만든 줄 알아? 무한동력은 사실 세상에 없기 때문이야."

그 광경이 너무 재밌고 뿌듯했습니다. 우리가 만든 영상이나 작품들에 대해 의도했던 대로 즐겨 주시는 모습을볼 때면 우리가 하는 일의 의미가 크게 와닿습니다. 긱블이라는 크리에이터나 회사가 아니라 긱블이 만든 재미있는 과학 공학의 무대 위에서 실제로 어린 과학자들이 뛰어 놀기 시작하는 것 같아 마음이 설렙니다. 이런 풍경이 바로 우리가 궁극적으로 만들고 싶은 문화이기도 합니다. 우리가 판을 깔고 누군가의 마음을 움직일 수 있다면, 쓸모없는 일만 하는 것 같은 긱블도 앞으로 다가올 혁신적인 세상에 털끝만큼은 기여하고 있는 것이 아닐까요?

보신각 종 직접 만들어서 제야의 종 울리기

무한동력 구슬멍

과학이 알 수 없는 외계어가 아니라 예능이라면

수드래곤의 한마디

과학과 공학을 재미있는 이야기로 배운다면 어떨까요?

리불어라면
할 수 있어

수도꼭지를 켜면 밸브가 열리면서 물이 나옵니다. 전등 스위치를 켜면 전기가 들어오고 불이 켜지죠. 우리가 일상에서 누리는 과학 기술의 산물들에는 아주 명료한 인과 관계가 있습니다. 미지의 세계가 아니라 분명히 이해할 수 있는 과정을 거쳐서 이루어지는 결과물인데 왜 많은 사람들이 그걸 알 수 없는 세계에서 일어나는 마법처럼 느끼는 걸까요? 과학과 공학은 어느 음침한 연구실에서 이공계생들이 모여 비밀스럽게 하고 있는 실험이나 알아들을 수 없는 외계어 같은 게 아니라, 잘 알려 주는 사람만 있다면 누구나 명쾌하게 알 수 있는 사실들의 집합인데 말입니다.

많은 사람이 과학의 원리를 그리 궁금해하지 않습니다. '어쩌면 과학 수업이나 과학관처럼 과학을 다루는 공간에서도 사람들을 이해시키려는 노력이 부족한 것은 아닐까?'라는 생각도 듭니다. 하지만 잘 들여다보면 과학에서도 누구나 궁금해할 만한 좋은 질문들이 있습니다. 과학 덕후들끼리 하는 대화가 아니라 모두가 일상 속에서 가볍게 즐길 수 있고 관심을 가질 만한 과학 이야기는 분명히 존재합니다.

긱블의 '문과vs이과' 시리즈도 과학과 공학을 흥미롭게 전달하는 콘텐츠 중의 하나입니다. '손을 사용하지 않는 젠가 게임' 편은 문과와 이과로 팀을 나눠서 젠가 게임을 진행했는데, 손을 제외하고 동원할 수 있는 모든 도구를 활용하는 새로운 룰을 적용했습니다. 망치, 그리퍼^{Gripper}, 모형 손까지 각종 도구가 등장했죠. 사실 이 게임에서 문과냐 이과냐는 중요하지는 않습니다. 다만 문제 해결을 위해서 우리가 어떤 접근을 해야 하는지, 때로는 과학적 고찰을 하기도 하고 때로는 직관에 의지하기도 하는 과정을 게임으로 보여 주는 콘텐츠인 셈입니다. 문과와 이과의 경계가 허물어지면서 과학과 공학이 그렇게 까다롭고 어려운 사고방식이 아니라는 걸 자연스럽게 접할 수 있는 콘텐츠인 것이죠.

긱블에서는 구체적인 과학과 공학 지식 자체를 전달하려고 하지 않습니다. 대신에 저 같은 경우는 긱블에서 과학적, 공학적인 주제를 전달할 때 그것이 어떤 호기심이나 불편에서 시작되었는지를 많이 고민하는 편입니다. 호기심이나 불편을 해결하고 대답하려는 과정에서 과학과 공학이 탄생했다고 생각하기 때문입니다. 생략된 과학과 공학의 질문을 다시 던지고 결론까지 가는 흐름을 함께한다면, 분명 많은 사람이 딱딱하고 어렵기만 했던 과학과 공학의 즐거움을 느낄 수 있을 것이라고 믿습니다.

물론 오프라인 만남을 통해 강연을 하기도 하지만, 이론적인 지식 전달은 영상에서 하는 일과는 구분하려고 합니다. 긱블은 과학과 공학을 재료로 삼아 쓸모없어 보이는 다양한 일을 벌이며 그 결과로 흥미롭고 재미있는 결과물이 나온다는 걸 보여 주고 싶을 뿐입니다. 과학과 공학도 예능을 보듯이 가볍게 즐기고, 놀이처럼 접할 수 있다는 걸 전달하는 게 긱블의 가장 큰 역할이 아닐까요? 그래서 우리는 긱블이 〈알쓸신잡〉보다는 〈무한도전〉에 가까운 느낌이었으면 좋겠습니다. 과학관이나 학교에서 학생들과 이야기를 나누거나 강연을 할 때도 되도록 콘텐츠를 제작할 때의 저처럼 재미를 먼저 느낄 수 있도록 하려고 노력합니다.

재미있는 수학적 역설 중 고대 그리스의 제논이 제안한 '아킬레우스와 거북이의 역설'이라는 이야기가 있습니다. 달리기가 빠른 아킬레우스와 거북이가 경주를 하기로 했습니다. 아킬레우스가 거북이보다 10배 더 빠르니, 대신 거북이가 100m 앞에서 출발하기로 했죠. 아킬레우스가 100m를 달렸을 때 거북이는 10m를 나아갔습니다. 아킬레우스가 10m를 달릴 때 거북이는 1m를 나아갔죠. 또 다시 아킬레우스가 1m를 나아가도 거북이는 여전히 0.1m를 앞섰습니다. 아무리 달려도 아킬레우스는 거북이를 이길 수 없었습니다. 아킬레우스가 더 빠른데도 말입니다. 왜 그럴까요?

이 역설을 실제로 운동장에서 해 보면 정말로 알쏭달쏭합니다. 분명 추월이 가능한데 제논의 역설대로 달려 보면 추월이 되지 않죠. 하지만 수학을 통해서라면 이런 아리송한 역설도 논리적이고 명쾌하게 설명할 수 있습니다. 제논의 역설을 설명하기 위해 고민하는 여러분에게 극한의 개념을 이야기해 줄 수 있습니다. 속도는 이동 거리를 시간으로 나누는 것이고, 제논의 역설은 시간이 0에 수렴하기에 수학적으로 명쾌하게 떨어지죠.

이런 식으로 과학과 수학을 접하면 왜 배우는지 모르겠고 따분하기만 했던 수학과 물리가 실제로 궁금한 문제를 해결해 주는 학문이라는 것을 깨달을 수 있습니다. 저는 지식을 그저 많이 가르치는 것보다 우선 흥미를 느끼게 하는 것이 더 많이 배우게 할 수 있는 방법이라고 생각합니다. 장난 같은 질문도 수학적으로 접근하면 논리적인 질문이 될 수 있습니다. 얼마나 많은 지식을 효율적으로 공부할 것인지는 일단 흥미를 느낀 그 다음 단계에서 고민할 문제입니다.

어린 시절 〈호기심 천국〉이라는 프로그램을 무척 좋아했습니다. 일상에서 궁금증을 가질 만한 각종 상황에 대해 과학적으로 풀어 주는 프로그램이라 과학적 사고를 하는 데에도 많은 영향을 받았죠. 어린 제가 가장 원했던 건 나중에 멋진 과학자가 돼서 황순원 박사님을 직접 만나 자랑하는 것이었습니다.

지금은 강연을 하고 나면 제게 자신이 만든 모형 항공기나 드론 같은 걸 가져와서 자랑하는 친구들이 생겼습니다. 황순원 박사님까지는 아니지만, 과학을 공부하고 어떤 성과가 있을 때 달려가서 만나고 싶은 사람이 된 것입니다. 다만 저는 뭔가를 잘 만드는 대단한 사람처럼 보이고 싶지는 않습니다. '내가 조금만 하면 저 사람보다 잘할 수 있겠는데?'라고 느껴서 실제로 따라 해 보고, 내가 더 잘했다고 자랑스럽게 보여 주는 친구들이 더 많아졌으면 합니다. 당연한 일상이 되어 버린 과학과 공학 기술에 대해 좋은 질문을 던지고, 재미있는 방식으로 풀어 내는 과정을 따라가다 보면 잊고 있던 호기심도 되살아나지 않을까요?

요즘 4차 산업혁명이라며 로봇이나 AI를 강조하는 것에 비해 관련된 교육이나 활동은 충분하지 않은 것 같습니다. 경험이나 성취가 진로에도 큰 영향을 미치는 만큼, 어린이와 청소년 메이커 분들이 꿈을 가지고 재미있는 일에 도전할 수 있도록 많은 이야기와 경험을 제공하고 싶은 마음입니다. 잘하고 있는지 모르겠지만 잘 모르는 걸 계속하는 게 긱블의 정신이니, 부지런히 발로 뛰다 보면 어딘가 지금보다는 좋은 곳에 닿게 되지 않을까요?

먼 훗날의 이야기지만, 과학과 공학을 즐기는 사람들이 많아지면 언젠가는 긱블의 과학공학 놀이동산이 만들어졌으면 좋겠다는 바람도 있습니다. 롤러코스터를 타면서 중력 가속도에 대한 테마를 체험하고, 범퍼카에서 전기를 제어해 보는 놀이와 과학이 어우러진 공간, 놀이동산이면서 경험과 지식을 몸으로 경험할 수 있는 공간을 생각하면 지금도 마음이 설렙니다. 그 놀이동산에서 저는 더 먼 미래의 쓸모없는 도전을 이어 나갈 어린이와 청소년들을 맞이하고 있을 것입니다.

손을 사용하지 않는 젠가 게임

6장

네가 가진
가능성을 믿어 봐

좋아하는 것을 사람들과 나누고 즐기는 일

잭키의 한마디

진심을 다해 노력했다면, 분명 누군가는 알아볼 것입니다.

네가 가진
가능성을
펼쳐 봐

과학과 공학을 좋아한다고 하면 자신의 세계에만 푹 빠져 있는 '너드Nerd'처럼 보는 시선들이 있습니다. 실제로 과학과 공학을 좋아하는 사람들 중에는 세상과 담을 쌓고 좋아하는 분야에만 몰두하는 사람도 많습니다. 그런데 저는 오히려 좋아하는 분야가 대중적이지 않을수록 사람들과 소통하고 관심을 얻는 것이 그 분야의 일을 계속 즐기는 데 도움이 된다고 생각합니다.

고등학교 시절에는 학교에서 절 모르는 선생님이 없었습니다. 학교생활을 성실히 하면서 모든 선생님에게 좋은 인식을 얻는 건 학교에서 배우고 싶은 걸 파고들 수 있는 선순환이 되었죠. 특성화 고등학교의 특성상 만들고 싶은 것이 있으면 학교에서 재료를 지원해 주었는데, 혹 우리 학과에서 보유하고 있는 재료가 아니더라도 선생님들께 '이런 걸 만들려고 하는데 도와주실 수 있을까요?'라고 부탁하면 어떻게든 재료를 구할 수 있었습니다. 지금 생각해 보면 하고 싶은 게 있을 때마다 포기하지 않고 상대방을 설득해서 어떻게든 방법을 찾으려고 노력했던 것 같습니다. 평소에 관심 있는 분야를 드러내고 좋은 태도로 사람들을 대했기 때문에 가능했던 일입니다.

요즘은 유튜버를 꿈꾸는 학생들이 많습니다. 유튜버가 되려면 기본적으로 좋은 의미의 '관종'이 되어야 합니다. 눈에 띄는 자극적인 행동을 하라는 것이 아니라, 내가 좋아하는 걸 사람들과 나누고 즐길 수 있어야 한다는 이야기입니다. 내가 좋아하는 걸 사람들에게 알려줌으로써 이 분야를 즐기는 사람이 많아지면 나도 더 재미있는 일들을 벌일 수 있게 되니까요. 그래서 사실상 긱블은 과학과 공학을 포교하는 집단이라고 할 수 있을지도 모르겠습니다.

저는 작품을 혼자 만들어서 혼자만 보고 만족하는 것이 아니라 사람들에게 보여 주고, 때로는 그들이 보고 싶어 하거나 필요한 것을 만들어 낼 때 만족감이 더욱 올라갑니다. 유튜브를 하다 보면 가끔은 '내가 이런 걸 만들었다고?' 하고 거의 나르시시즘에 가까운 쾌감을 느낄 때도 있습니다. 물론 가끔은 더딘 성장이나 악플로 우울해질 때도 있기 마련이지만, 제가 만든 영상을 보는 분들의 좋은 반응이나 애정을 느끼면 다음에는 더 재밌는 걸 만들어 보고 싶다는 원동력을 얻습니다.

긱블에서는 실제 작품을 만드는 동시에 그 과정을 영상으로 제작합니다. 이 과정에서 우리에게 특히 더 요구되는 역량은 바로 발표와 전달 능력입니다. 내가 좋아하는 것을 같이 즐기자고 친구를 설득하는 것과 비슷합니다. 아이돌이나 스포츠를 혼자서도 좋아할 수 있지만, 누군가와 함께 열광하면 분명 더 즐겁지 않나요?

긱블도 이 작품에서는 어떤 디테일이 좋았고 무엇이 혁신적인지 호소력 있게 전달하려고 합니다. 단순히 멋진 작품을 만드는 사람은 한국에도 수없이 많고, 긱블이 그중에서 특출나게 무엇을 잘 만드는 것도 아닙니다. 다만 어떤 작품을 최선을 다해 완성하는 것으로 끝나는 게 아니라 영상을 보는 시청자들에게 매력적이게 보이도록 표현하는 것이 유튜버로서의 역할이고, 또한 과학과 공학을 좋아하는 사람들을 늘려 가는 과정이라고 생각합니다.

많은 사람이 지적하듯이 유튜브는 이제 포화 상태입니다. 방송사처럼 몇십 명의 스태프가 있지 않아도 혼자서 쉽게 찍고 올릴 수 있기 때문에 진입 장벽이 높지 않고 누구나 쉽게 시도할 수 있죠. 만일 유튜버가 되려는 친구들에게 개인적으로 조언을 할 수 있다면 유튜버가 되려고 하기보다는 크리에이터가 되라고 이야기하고 싶습니다. 좋아하는 일에 빠져들어 같은 관심사를 가진 사람들과 풍성한 이야기를 나눌 수 있는 유튜브는 누구에게나 열려 있는 좋은 플랫폼이지만, 좋아하지 않는 일로 단순히 사람들의 관심을 끌기 위해 시작한다면 오래 지속하기 어렵기 때문입니다.

그래서 제가 메이커이자 크리에이터로서 스스로 약속하는 것 중의 하나는 타협하지 말고 늘 진심을 다하자는 것입니다. 긱블도 이제는 수익을 내야 하는 스타트업 회사로 성장하다보니, 작품 제작에 허용된 기간이나 퀄리티에서 타협이 필요한 부분이 생깁니다. 하지만 적어도 스스로 납득할 수 있도록 거짓된 마음으로 임하지 말자고 다짐합니다. 긱블의 이름으로 선보이는 작품이나 영상은 제 이름을 걸고 내보내는 것이기도 하니까요. 물론 아무리 미친 듯이 최선을 다 해도 아쉬움이 남을 때도 있습니다. 그렇지만 한 작품을 만들 때마다 그만큼 성장하기 때문에, 뒤돌아보면 무언가 아쉬운 것은 어쩔 수 없다고 생각합니다. 그런 아쉬움을 최소화하기 위해 항상 최선을 다할 뿐입니다.

긱블을 통해서 더 많은 분들에게 만드는 것에 대한 즐거움을 전하고 싶고, 저도 수많은 메이커 분들이 만든 멋진 작품들을 만나 보고 싶습니다. 어느 순간에는 과학과 공학의 즐거움을 일부러 포교하지 않아도 자연스럽게 이에 대한 수다를 떨고, 놀이를 하고 있는 사람들이 늘어나지 않을까요? 그러다 보면 생각보다 더 빠르게, 우리가 상상하지도 못했던 놀라운 혁신이 일어날지도 모릅니다.

하고 싶은 일은 그냥 하면 된다

수드래곤의 한마디

하고 싶은 일을 하는 데 너무 큰 고민과 결심을 하고 있지는 않나요?

그렇게 오래 살지는 않았지만, 제 인생을 돌아봤을 때 가장 후회되는 일이 하나 있습니다. 마라톤 선수가 되고 싶다면 일단 운동화를 신고 집 밖으로 나가서 뛰어 봐야 한다는 걸 너무 늦게 깨달았다는 점입니다. 저는 마라톤 선수가 되기 위해서 기초 체력을 키우려고 헬스장에 가고, 운동학을 배우려고 책만 들여다보는 사람이었습니다. 뛰어 보지도 않고 보행 이론부터 완벽하게 습득하려고 했던 것입니다.

저는 회로를 이용해서 신기한 전자기기를 만들고 싶다는 꿈을 이루기 위해 대학에서 석사 과정까지 밟으면서 오랫동안 뛰어난 엔지니어가 되기 위한 자격을 취득하는 데만 집중했습니다. 학위를 취득하고, 스펙을 쌓고, 학원을 다녔죠. 나름대로 노력이 부족하지는 않았지만, 지금 생각해 보면 방법이 틀렸던 것 같습니다. 전자기기가 그렇게 좋았으면 드론이라도 하나 사다가 조립해 봤으면 어땠을까요? 아니면 크리스마스 트리 전구라도 직접 만들어 봤다면 얼마나 재미있었을까요? 그랬다면 긱블 합류가 조금 더 빨라졌을지도 모르겠습니다.

어딘가에서는 사람들이 로봇을 만들면서 재미있는 일을 도모한다는 풍문을 들으면서도 제가 몸담고 있는 세계에서는 '그런 건 장난이야, 진짜 엔지니어들은 그런 거 안 해'라고 생각했습니다. 사람들이 이미 만들어 놓은 걸 응용해서 결과물을 구현하는 일을 무시하는 분위기가 있어 그런 걸 시도할 생각조차 하지 못했죠. 엔지니어라면 뭔가 새롭고 엄청난 걸 만들어 내야 하고, 훌륭한 연구원이 되려면 석박사 학위를 따는 길이 유일한 줄 알았던 시절이었습니다.

사실 전자기기를 만들고 싶었으면 당장 만들어 보고, 모르는 부분은 필요한 공부를 하면 됩니다. 훌륭한 연구원이 되는 게 그렇게 중요한 일일까요? 제 손으로 직접 개발 환경을 설치해 본 적도 없어서 아두이노Arduino, 개발 도구 및 환경를 처음 본 게 긱블에서였다고 말하면 다들 극적인 동기 부여를 위해서 과장하는 것인 줄 알고 아무도 안 믿습니다.

하지만 오히려 저의 또 다른 관심사인 음악에 대해서는 무겁고 진지한 각오 없이 훨씬 가벼운 마음으로 접근했습니다. 무대에 오르는 걸 좋아해서 초등학생 때는 연극을 하고, 중학생 때는 학생회장을 하고, 고등학교 때는 밴드,

대학생 때는 치어리더를 했죠. 내가 재능이 있는지 없는지는 신경 쓰지 않고, 그냥 공연이 좋으니까 기타를 들고 연습해서 공연에 올라갔습니다. 솔직히…… 끔찍하게 못했지만 재미있었습니다. 만일 제가 음악 개론부터 공부하기 시작했다면 그렇게 즐길 수 있었을까요? 그런데 그렇게 부딪쳐 보고 나니 내가 무대를 좋아할 뿐이지 음악을 깊게 파고들 마음은 없다는 걸 경험으로 알 수 있었습니다. 해 봤기 때문에 깨달은 것입니다.

긱블에 올 때 고민이 제법 많았습니다. 기껏 쌓아 온 엔지니어 기술을 흐트러뜨리는 건 아닐까? 내가 만들고 싶은 걸 하려면 점점 더 스펙이 좋은 엔지니어가 되어야 하는데 괜히 샛길로 빠지는 거 아니야? 마음이 가는 대로 하려고 하면서도 실은 내심 그런 두려움에 떨었죠. 음악과는 달리 이건 내 직업과 관련된 일이라고 생각하니 더 망설여졌습니다. 경력에 하나의 흠집이라도 나면, 단 한 번의 실수라도 하면 영원히 기회가 사라질 것 같은 공포에 사로잡혀 있었던 것입니다.

하지만 긱블에 오고 나서야 스스로 달리기 선수가 되고

싶으면서 트랙에 올라갈 생각은 하지 않고 러닝머신만 뛰고 있는 사람이었다는 걸 깨달았습니다. 아마 긱블이 아니었다면 지금까지도 내가 원하는 걸 만들기 위해서는 오로지 더 많은 스펙과 더 나은 자리를 얻어야 한다고 생각하지 않았을까요? 지금 돌아보면 뭘 그렇게 두려워했는지 모르겠습니다. 재미있는 일을 하는 데는 큰 자격이 필요하지 않고, 그렇게 머뭇거리면서 망설일 필요도 없었는데 말입니다.

유튜버가 되고 싶다고 해서 꼭 학교를 그만두고 영상을 찍어야 하는 건 아닙니다. 소설가가 되고 싶다고 꼭 국문과를 가야 하는 것도 아닙니다. 그냥 쓰면 됩니다. 우리나라에서는 대입이 너무 중요하게 여겨지다 보니 평생의 진로 고민과 걱정을 고등학교 시절에 다 해야 한다고 생각하는 경향이 있는 것 같습니다. 물론 대학 간판이나 전공이 평생의 꼬리표라는 말도 일리가 있지만, 반만 맞고 반은 틀린 말입니다. 공부를 열심히 하고 대학에 가면 그만큼 많은 기회가 생기는 것은 분명합니다. 그러나 좋은 대학에 가는 것은 '저축'입니다. 언젠가 사고 싶은 게 있을 때 저축해 놓은 돈이 있으면 큰 도움이 되죠. 하지만 '적금

하기' 그 자체가 최종 목표는 아닐 것입니다. 아직 뭘 살지 결정하지도 않았는데 적금만을 위해서 인생의 방향을 결정할 셈인가요?

대학이나 전공이 인생의 전부라는 생각은 꿈을 가진 사람들의 잠재력을 너무나 제한하는 이야기입니다. 그러니 대학이 일생일대의 돌이킬 수 없는 결정이라는 스트레스를 받지 않았으면 좋겠습니다. 얼마든지 하고자 하는 걸 할 수 있는 기회가 많이 있고, 노력하면 뒤집을 수 있는 것들도 많습니다. 그러니까 재미있다고 느끼는 게 있으면 그냥 일단 해 보세요! 그래야 내가 그 일을 취미로 하고 싶은지, 일로 선택할 만큼 사랑하는지도 알 수 있게 됩니다. 그러니 즐겁게 도전합시다. 결과는 따라올 뿐입니다.

한 번도 해 보지 않은 일의 가능성

나모의 한마디

'시작이 반이다'라는 말을 아시나요? 두려워 말고 일단 시작해 보세요! 어느새 결과에 도착해 있을 거예요.

네가 가진
가능성을
믿어 봐

요즘 주변에 안 하던 운동을 시작하는 사람들이 많아진 것을 보니 자기 관리에 대한 사람들의 관심이 높아졌다는 게 실감이 납니다. 태어나서 한 번도 헬스장에 발을 들인 경험이 없는 사람들이 어느 순간 운동을 시작하고, 재미를 붙이면 모델처럼 근육이 탄탄하게 잡힌 몸으로 바디 프로필 사진도 찍습니다. 근육량의 변화나 체중 감량이 급격하게 변화한 후기를 보면 이게 정말 가능할까 싶기도 한데, 그게 가능하다는 걸 저는 군대에서 알았습니다.

제가 군대에 있을 때는 코로나 때문에 외출과 외박은 물론이고 휴가도 자주 통제되던 시기였습니다. 대신 휴가를 모으면 그만큼 빨리 전역할 수 있는 조기 전역 제도가 있었죠. 저는 빨리 전역하고 싶은 마음에 기회가 되는 대로 미친듯이 휴가를 모았는데, 그때 국방부에서 100일 운동 챌린지라는 걸 주최한다는 소식을 듣게 되었습니다. 100일 동안 운동을 열심히 하고 몸이 변화하는 과정을 영상으로 찍어 올리면 1등 수상자에게 5박의 휴가를 주는 챌린지였습니다.

군대에 가기 전까지 저는 운동에 전혀 관심이 없는 사

람이었습니다. 학창 시절 체육 시간 이후로는 제 의지로 운동을 해 본 적이 없으니, 처음에는 팔굽혀펴기 하나도 제대로 할 줄 몰랐죠. 하지만 무조건 1등을 해야겠다는 목표로 그때부터 무작정 운동을 시작했습니다. 매일매일 식단 조절을 하고, 운동을 잘하는 전우에게 운동하는 방법도 배웠습니다. 따지고 보면 거의 걸음마부터 시작한 셈입니다. 하지만 매일 꾸준히 해 나가다 보니 그 결과는 굉장했습니다. 100일 만에 30kg 이상을 감량했고, 팔굽혀펴기는 2분에 80개 이상을 할 수 있게 되었죠. 결과적으로 100일 운동 챌린지에 도전한 1,800개 팀 중에서 1등으로 참모총장상을 수상했습니다. 그토록 바랐던 휴가를 받은 것도 기뻤지만, 그보다 내가 운동을 시작하고 어떤 성과를 이루었다는 사실이 더 놀랍고 기뻤습니다. 태어나서 한 번도 진지하게 시도해 본 적 없는 일로 1위를 차지했다는 사실이 신기하기도 하고 운동을 전공한 것도 아닌데 이런 성취를 이뤘다는 것에 엄청난 성취감도 따라왔습니다.

인생을 살면서 늘 익숙한 일만 반복하면서 지낼 수 있을까요? 요즘은 바야흐로 도파민을 좇는 시대입니다. 뇌에서 도파민을 분비할 때 우리는 행복감을 느끼죠. 점점 더 많은 사람이 도파민이 분비되는 자극적인 쾌감을 찾고 있습니다. 물론 침대에 누워서 유튜브 쇼츠를 끝없이 넘길 때 도파민이 분비된다고 생각할 수도 있지만, 도파민은 우리의 새로운 도전, 그리고 성장과도 관계가 있습니다. 도파민은 이미 익숙해져 버린 경험과 일상 속에서는 분비되지 않습니다. 그런데 한 번도 경험해 보지 않은 새로운 일에 도전하고, 거기에서 미처 몰랐던 가능성을 발견하고, 사소한 시도를 통해서라도 어떤 성취감을 느낀다면 우리는 기존의 일상화된 루틴을 뒤흔드는 엄청난 자극을 받게 됩니다. 그 순간 도파민이 분비되고 행복해지는 것입니다.

어떤 분야의 저명한 전문가가 되는 것은 어렵겠지만, 새로운 분야에 진입하고 아주 작은 성취를 이루는 건 생각보다 쉬운 일입니다. 게임을 처음 시작한 유저가 레벨을 1에서 10까지 올리는 건 큰 노력을 들이지 않고도 쉽게 할 수 있지만 레벨이 올라갈수록 그 다음 레벨로 올라가기가 어려운 것처럼 말입니다. 레벨이 낮으면 낮은 대로 빠르게 성장하는 재미가 있습니다. 클라이밍이나 필라테스를 배우기로 마음먹었다면 주변의 센터를 알아보고 등록하기만 해도 첫 관문은 넘은 것입니다. 얼마든지 자신을 칭찬해 주고 보상으로 따라오는 도파민을 만끽하면 됩니다.

꼭 훌륭하고 완벽한 사람이 되어야 하는 것도, 그 분야의 전문가가 되어야 하는 것도 아닙니다. 그저 재미있어 보이는 일이 있을 때 겁먹지 말고 도전하는 것이 우리의 삶에 도파민을 분비해 주는 행복한 일이라는 사실을 떠올려 보면 어떨까요? 태어나서 한 번도 해 보지 않은 도전을 하는 것에 그리 큰 결심이 필요하지는 않다는 걸 알게 될 것입니다.

내가 집요하게 질문하는 이유

키쿠의 한마디

탐구할 때 집요하게 질문을 던지는 태도
는 우리를 지식에 한 걸음 더 다가가게 합
니다. 왜 이렇게 되었는지 끝까지 물고 늘
어져 보세요.

어릴 때 버스가 지나다니는 걸 보면 멈춰 설 때 왜 '치익치익' 소리가 나는지 궁금했습니다. 어린 마음에 무턱대고 버스 회사에 전화해서 물어봤는데, 장난 전화라고 생각했는지 좋은 소리를 듣지는 못했죠. 궁금증이 해소되지 않아서 혼자 이유를 찾아 보았습니다. 버스의 부품에서 치익하는 소리가 날 만한 곳이 어딜까? 바퀴? 엔진?

자동차에서 소리가 날 만한 원리에 대해서 혼자 연구하다 보니, 버스에 바퀴의 높낮이를 조절하는 컴프레셔_{Com-pressor}라는 부품이 있다는 걸 알게 되었습니다. 버스는 코너를 돌 때 차체가 기울기 때문에 높이를 낮춰야 하고, 장애인이 탑승할 때에도 차체를 낮춰야 하기 때문에 이를 위해 압력을 조절하는 장치인데, 압력 조절 과정에서 치익 소리가 나게 된다고 합니다. 그걸 알고 나니 그제야 꼬인 매듭 하나가 풀린 것처럼 속이 시원해졌습니다.

궁금한 건 끝까지 알아야 하는 집요한 호기심 때문에 제 손이 닿는 물건들은 대부분 한 번쯤 본연의 모습을 잃고 조각조각 분해되는 처지였습니다. 예전에는 뚱뚱한 브라운관 TV가 흔했는데, 그게 왜 뚱뚱해야 하는지 궁금해서 쓰레기장에서 주워다가 그 안의 회로를 뜯어 보기도 했죠. 그러다 보니 전자를 형광 물체에 쏘면 그 물질에서 빛이 나면서 화면이 나오는 게 브라운관 TV의 원리라는 것을 알게 되었습니다.

호기심에 전자렌지에서도 똑같이 빛이 날까 싶어 형광 물질을 넣어 실험해 보니까 전자 파동 때문에 빛이 나는 걸 확인할 수 있었습니다. 다행히 분해하는 만큼 되살리는 것도 좋아해서 집안 가전을 다 부수고 다니지는 않았습니다. 되려 부서진 벽돌을 쌓고, 누수를 막고, 전자 배기함이나 물탱크도 수리하며 겸사겸사 호기심도 채우고 집도 고치곤 했습니다.

제 좌우명은 바로 '나는야 미지의 탐구자'입니다. 어디서 뭘 보든 '왜 그런 건데? 원리가 뭐지? 저건 왜 저렇게 생겼지?'와 같은 질문을 입버릇처럼 합니다. 당연할 수도 있는 걸 새롭게 바라보고, 몰랐던 원리를 알아 가는 과정이 일상 속 탐험처럼 흥미롭습니다. 뭘 하든지 '이렇게 하면 왜 안 돼?'라고 즉흥적으로 경로를 틀어 보는 걸 좋아해서 친구들이 혀를 내두르기도 했습니다. 여행을 가더라도 비행기 표만 예약하고, 그때그때 마음 가는 대로 움직이는 전형적인 무계획파입니다.

저는 꼭 과학이나 공학 분야가 아니더라도 일상 속에서 호기심을 가지고 탐구하는 자세가 중요하다고 생각합니다. 우리는 매일 쳇바퀴 같은 일상을 살아간다고 생각하지만, 탐구하는 자세로 주변을 둘러보면 하루하루가 새롭습니다. 무엇보다 호기심을 가지고 주변을 탐구하다 보면 자연스럽게 좋아하는 걸 좋게 됩니다.

이렇게 중요한 호기심을 잃지 않기 위한 정말 간단하고 확실한 방법이 하나 있습니다. 바로 습관처럼 어디에든 "왜?"를 던져 보는 것입니다. 그리고 답을 찾아가다 보면 자연스럽게 다음 질문이 떠오르고, 다시 한 번 "왜?"를 외치게 됩니다. 물론 답을 찾아가는 방법도 중요합니다. 주변에 물어보거나 누군가에게 의지하는 것이 아니라 스스로 "왜?"라는 질문에 대한 가설을 세우고, 그 가설에 대해 직접 탐구해 보는 것을 권합니다. 그렇게 해서 완전히 내 것으로 소화하는 지식과 발견에 대한 성취감은 이루 말할 수 없답니다.

저는 4살 때 레고를 시작했는데, 재미있어서 하다 보니 더 궁금해지고, 궁금해지니까 더 파고들어서 나중에는 세계 대회까지 나가게 되었습니다. 또 코딩을 배우다 보니까 자연스럽게 웹사이트를 만들 줄 알게 됐죠. 저는 목표를 정해 놓고 나아가기보다는 당장의 호기심을 따라가면서 어디에 도달할지 모르는 그 과정을 즐기는 편입니다. 그러다 보면 모르는 걸 새롭게 알게 되고, 배우다 보면 생각치 못한 곳에 도달해 있을 때가 많습니다. 지금은 알 수 없는 미래의 나에게 뭔가를 정해 놓고 명령할 수 있을까요? 제 생각에 미래의 나는 영 현재의 내가 하라는 대로 순순히 따를 것 같지가 않습니다.

언제나 하고 싶은 대로만 하고 살 수는 없겠지만, 여건이 되는 만큼은 마음이 가는 길을 따라가는 게 진로에 대한 하나의 좋은 선택지가 될 수 있다고 생각합니다. 저는 공학 계열을 선택하는 데 있어서 한 번도 흔들린 적이 없고, 지금도 그게 즐겁습니다. 사람마다 우선순위는 다르겠지만, 싫어하는 일을 하면서 돈을 많이 버는 것보다는 좋아하는 일을 하고 싶습니다. 기본적으로 내가 좋아할 수 있는 일을 했을 때 그만큼 깊게 파고들 수 있으니까요. 그 길이 우리를 예상하지 못했던 장소에 데려다 놓을지도 모르는 일입니다.

교과서에서 배울 수 없는 것도 있다

수드래곤의 한마디

과학과 공학은 교과서 속 외워야 하는 무언가가 아닌, 우리 앞에 실재하는 문제를 해결하는 도구입니다.

네가 가진
가능성을
믿어 봐

'회로가 아름답고 흥미롭다'고 말하는 이공계 공돌이의 뇌 구조를 의아하게 생각하는 사람들도 있을 것입니다. 그런데 과학과 공학이 지루하다고 느끼는 건 대부분 학교 수업에서 외워야 했던 이론에서 재미를 느끼지 못했기 때문입니다. 초등학생이 수학을 배우면서 제일 처음으로 부딪히게 되는 가장 큰 스트레스와 난관은 뭘까요? 아마 기억을 더듬어 보면 떠오를 그것은 바로…… 구구단입니다.

어렸을 때 구구단은 '그냥 외우는 것'이었습니다. 이걸 대체 왜 외워야 하는지 의문을 가지면 '그냥 외워야 문제를 풀 수 있다'는 답이 돌아왔죠. 그게 과연 동기 부여가 될까요? 구구단을 외우는 것이 문제 풀이에 유용하다고 한들 그걸 외워서 뭐가 기쁠까요?

그런데 사실 구구단은 몇천 년 전에는 굉장히 중요한 지식적 자산이자 군사적 기밀 같은 것이었습니다. 외부에서 간파하지 못하도록 일부러 거꾸로 외워서 가벼운 암호로 사용하기도 했죠. 역사 속에서 구구단이 어떻게 쓰였으며 이를 통해 어떤 이득이 발생했는지를 이해하고 체험한다면 어떨까요? 우리가 배우는 지식이 어떤 문제 상황을 해결하기 위한 것인지 알 수 있다면 이론을 배우는 게 지금처럼 지루하지는 않을 것입니다.

저 역시 이론 공부로 스트레스를 받기는 마찬가지였습니다. 분명히 어릴 때는 전자회로에 대한 흥미와 애착이 각별했던 것 같은데 막상 전공자가 되어 회로 관련한 수업을 들으면 학점은 기껏해야 C 아니면 D였죠. 분명 좋아하는 분야는 맞는데 도무지 수업에 흥미를 붙이지 못했습니다. 저는 실질적인 문제가 주어졌을 때 그걸 어떻게 응용하고 발전시킬 수 있을지가 궁금했는데, 수업에서는 이론적인 접근이 대부분이었기 때문입니다. 어릴 때는 회로가 신기했는데, 알고 보니 내가 회로에 별로 뜻이 없었던 걸까? 제가 선택한 진로에 대한 고민과 회의감이 들던 시기도 있었습니다.

그런데 이리저리 진로를 틀면서 잠시 사회에 나와 실제로 설계를 시작해 보니 달랐습니다. 학교보다 사회생활이 힘든 것은 당연했지만 오히려 확신이 생겼습니다. 밤을 꼬박 새면서 회로를 다루어도 힘든 줄 모르고 재미있었죠. 그런데 졸업하려고 다시 학교로 돌아가서 수업을 들으니 또 지루해졌습니다. 왜일까? 이 재미있는 걸 어떻게 전달해야 재미있게 배울 수 있을까? 뭔가 다른 방식의 접근이 필요하다는 생각이 들었습니다.

그러다가 대학원에 진학해 석사 과정을 밟으면서 회로 관련 수업의 조교를 하게 되었습니다. 제가 직접 학생들에게 시험을 출제하기도 하고 성적도 매겨야 했습니다. 그때 저는 수업에서 보고서를 작성하는 과제를 없앴습니다. 대신 제가 제시한 목표에 대해서 스스로 해결하고 설명하면 패스 유무만 판단하겠다고 선언했죠. 보고서가 없다고 하니 다들 쉬운 수업이라고 생각하고 좋아했습니다.

그런데 사실 문제를 직접 해결하고 이해하는 건 보고서를 쓰는 것보다 더 많은 연구와 공부가 필요한 일입니다. 이를테면 어떤 밝기의 손전등을 설계하라는 문제를 제시했을 때, 딸깍 누르면 밝기가 바뀌는 손전등의 원리는 간단하게 찾을 수 있습니다. 그런데 어느 단계에서 불꽃이 일면서 타는 경우가 생길 수 있습니다. 그렇다면 그 이유를 찾아야 하는 것입니다. 어떤 학생은 친구의 답을 베껴 오기도 했습니다. 그런 학생들은 왜 이런 답을 썼느냐고 물으면 당연히 대답하지 못했죠. 트랜지스터 Transistor로 스위치를 구성할 때 알아야 하는 이론적인 내용은 다 외우면서도 간단히 전구 하나를 껐다 켜는 것도 못하는 학생들이 대부분이었습니다. 공식은 다 알지만 정작 문제 상황을 해결하지는 못한다면 무슨 의미가 있을까요?

다른 수업에서 보고서 과제를 하던 것처럼 친구 답을 베끼고 도움을 받아서 통과하려던 학생들도 결국 깨달았습니다. 내가 공부를 안 하면 밤새 벼락치기해도 어차피 소용이 없고, 반드시 스스로 체득해야만 문제를 해결할 수 있다는 사실을 말입니다. 그런 방식으로 3학기 동안 수업을 진행하면서 나중에는 제 수업이 힘들다는 소문도 퍼졌습니다. 보고서는 안 써도 되지만 밤을 새워 가며 연구하고 결국 내 것으로 소화시켜야 통과할 수 있기 때문입니다. 반대로 그래서 제대로된 공부를 할 수 있는 수업이라며 일부러 제 수업을 선택하는 학생들도 있었습니다.

똑같은 지식을 습득하더라도 어떻게 질문을 던지느냐에 따라서 받아들이고 이해하는 정보의 양은 완전히 달라집니다. 저는 학생들에게 설령 내가 얕게 알고 있을지라도 좋은 질문을 해서 그것을 깊게 파고드는 경험을 하게 해 주고 싶었습니다. 그런 경험을 하면서 학생들이 이론보다는 일상에서 실제로 경험하고 체득하는 부분에서 과학과 공학 이야기를 시작했으면 좋겠다는 바람이 더 커졌습니다. '이론부터 배우고 나중에 실전에서 적용하는 건 지금까지 유효한 방법이었을지 몰라도, 더 많은 학생들이 흥미롭게 접근할 수 있는 방식일까?'라는 의구심이 생긴 것입니다.

공학자든 예술가든, 앞으로 우리는 필연적으로 AI와 함께 일하게 될 것입니다. AI의 대중화로 인해서 '좋은 질문'의 가치는 더욱 중요해지고 있습니다. AI는 정보 수집과 관련한 노동을 줄여 주는 도구이기는 하지만, 결코 사람을 대신해서 '생각'해 주지는 않습니다. AI는 아이디어와 호기심, 목표를 가진 사람, 좋은 질문을 던질 수 있는 사람이 더욱 창의적인 결과물을 낼 수 있게 도와줄 뿐입니다.

우리가 어렵게만 느끼는 과학과 공학도 마찬가지입니다. 우리가 더 많은 질문, 더 좋은 질문을 던지고 그 본질과 쓸모에 호기심을 갖는다면 과학과 공학은 더 이상 나와 거리가 먼 어려운 학문으로만 남지는 않을 것입니다.

한 번쯤 자신에게 물어야 하는 질문

태정태세의 한마디

내가 무슨 행동을 하든, 무슨 말을 하든, 그 말과 행동에 "왜?"라는 물음을 던져 보세요. 꾸준히 하다 보면 세상을 보는 시선이 달라질 것이라 확신합니다.

긱블은 앞으로 교육 분야로의 진출을 꿈꾸고 있습니다. 물론 과학과 공학 분야에 대한 꿈을 심어 주는 것도 좋지만, 그보다는 아이들이 왜 공부를 해야 하는지 알게 해 주고 싶습니다. 왜 공부를 해야 할까요? 생각해 보면 많은 사람이 그저 부모님과 선생님이 시키는 대로 정해진 사회의 노선을 따라 성장합니다. 그런데 우리에게는 '내가 이걸 왜 하고 있을까?'라는 고민이 반드시 필요합니다.

저는 어릴 때 부모님의 말씀을 잘 듣는 아이였다……고 말하기에는 부모님의 반발이 있을 것 같지만, 나름대로 부모님이 하라는 길을 따라가는 아이였습니다. 어린 시절 동네 바깥으로 벗어나려면 꼭 엄마의 허락을 받아야 했는데, 저는 그 규칙에 딱히 반론을 제기하지 않았을 뿐더러 굳이 엄마의 허락을 받고 먼 동네에 나갈 생각 자체도 하지 않았습니다. 공부를 하는 것도 마찬가지였죠. 왜 이 공부를 해야 하는지에 대해서는 생각하지 않고, 어른들이 하라는 대로 착실하게 공부를 했던 것 같습니다.

그런데 나의 주관이 무엇인지 스스로 묻고, 주체적으로 세상을 바라보기 시작하게 된 명확한 계기가 하나 있습니다. 제가 군대에 갔을 때의 이야기입니다. 제게 배정된 업무는 선임이 하던 일을 이어서 하는 것이었습니다. 저는 선임이 알려 준 그 방법대로 열심히 했습니다. 얼마 후 상사 장교가 바뀌면서 새로운 분이 오셨죠. 그분은 저와 1:1로 면담을 하면서 업무 처리에 대한 몇 가지 질문을 했습니다.

"지금 맡은 일이 뭐지?"
"이런저런 일을 하고 있습니다."
"음, 이 업무는 왜 하는 건가?"
"얼마 전 제대한 모 병장님이 이렇게 하라고 알려 주셨습니다."
"아니, 누가 시킨다고 하나? 이 일을 왜 하는지는 알아야 할 거 아니야?"
"……."

생각지 못한 질문에 말문이 막혀서 대답을 하지 못했습니다. 시키는 대로 했을 뿐이지 그 일을 왜 하는지, 또 왜 그러한 방식으로 일을 해야 하는지에 대해서는 생각해 본 적이 없었던 것입니다. 그분은 내가 무슨 일을 할 때는 그걸 왜 하는지 대답할 줄 알아야 한다고 하셨습니다. 그 말은 제 마음에 깊게 새겨졌습니다. 그 후로는 모든 행동을 할 때 스스로에게 질문하는 습관이 생겼습니다. 나는 왜 이 일을 하고 있는 것일까?

그 이후로는 지금까지 보이지 않던 것들이 보이기 시작했습니다. 예전에는 출근길에 시위 때문에 지하철이 멈추면 아무 생각 없이 지하철이 움직이길 기다리거나 다른 교통 수단을 찾았는데 이제는 왜 시위를 하는지 이유를 찾아보고, 어떤 문제가 있는지에 대한 새로운 정보를 받아들여 해석해 봅니다. 점차 스스로 생각하는 습관이 세상을 바라보는 눈 자체를 달라지게 하고 또 밝아지게 한다는 것을 경험으로 느꼈죠. 전역한 이후에 저널리즘을 공부했던 것도 불편한 것들을 바라보고 또 해결하고 싶은 맥락이었던 것 같습니다.

앞으로 사회에 나오게 될 학생들도 지금 공부하고 있는 이유를 알고, '마음에 품은 꿈의 씨앗을 피워 내는 데 이 학문이 도움이 된다'라는 필요에 따라 공부를 하면 좋겠습니다. 꿈의 방향은 제각기 다르겠지만, 지금 배우는 학문이 그 꿈을 펼치는 데 도움이 된다는 사실을 알아야 이후에도 폭넓게 활용할 수 있지 않을까요? 과학을 배운다고 해서 꼭 과학자가 되어야 그 공부가 쓸모 있는 것은 아닙니다. 배운 것을 다양한 분야에서 창의적으로 활용할 수 있다는 걸 긱블의 목소리로 전달하고 싶습니다.

저는 긱블의 영상을 만들 때도 이 영상이 왜 필요한지 생각합니다. 더 나아가 긱블도 한 회사로서의 미션과 비전이 있습니다. 긱블의 구성원들이 '왜' 긱블로서 다양한 일을 하고 있는지에 대해서 같은 지향점을 가지기 위해 존재하는 우리의 미션은 궁극적으로 '과학과 공학을 좋은 이야기로 만들어 선보이는 것'입니다. 그래서 우리가 하는 모든 업무는 결국 이 미션으로 귀결되어야 합니다.

물론 누구나 과학과 공학에 흥미가 있는 것은 아니기 때문에 이는 이루어질 수 없는 끝없는 도전이기도 합니다. 그럼에도 불구하고 과학과 공학을 재미있게 전달할 수 있는 이야기를 계속해서 만들어 가고 싶다는 것이 우리가 '왜' 이 일을 하고 있는지에 대한 이유입니다. 미션을 이루기 위한 비전은 그때그때 다르게 설정하면서 집중적인 방향성을 조절해 가고 있습니다.

네가 가진
가능성을
믿어 봐

제가 학생들을 대상으로 강연을 할 때도 꼭 하는 말이 있습니다. 내가 지금 하는 공부나 행동을 왜 하고 있는지, 어떤 결과물로 이어졌으면 하는지 생각하는 연습을 해 봤으면 좋겠다는 것입니다. 저는 어렸을 때 그런 고민을 해 본 적이 없습니다. 만약 한 번이라도 고민할 기회가 있었다면 제 인생을 조금 더 주체적으로 개척하지 않았을까요? 요즘에는 훨씬 많은 사람이 스스로가 원하는 것에 대해 귀를 기울이는 것 같아 한편으로는 부럽기도 합니다. 혹시 아직 방법을 모르겠다면 지금 이 순간에 내가 이 책을 왜 읽으려고 집어 들었는지, 그것부터 가볍게 생각해 보는 것도 자신에게 질문하는 연습의 시작이 될 수 있을 것입니다.

시작은 늘 사소한 것부터

키쿠의 한마디

저는 성인이 되고 첫 생일 선물로 18V 전동 드릴을 받았습니다. 그때가 시작이었던 것 같아요!

네가 가진
가능성을
믿어 봐

우리가 어떤 꿈을 꾸든지, 지금 할 수 있는 건 아주 사소한 것입니다. 처음으로 드릴을 써 보는 사람은 어디가 정 방향이고 역 방향인지도 모르죠. 어떻게 해야 힘이 잘 들어 가는지, 어떻게 나사를 빼야 뭉개지 않고 뺄 수 있는지는 손에 익어야만 알 수 있는 노하우들입니다. 드릴이 손에 익으면 작은 가구를 수리하고 조립해 볼 수 있게 되고, 리모콘을 분해해 보면 그 다음에는 티비를 분해해 볼 수 있고, 그 경험이 쌓이면 나중에는 커다란 창고를 만드는 것도 어렵지 않게 느껴집니다.

아주 사소한 것부터 시작해서 할 수 있다는 걸 확인하면, 점층적으로 그 다음 단계를 더 쉽게 시도할 수 있습니다. 처음부터 거창한 걸 하려고 하면 당연히 될 리가 없습니다. 요리를 처음 시작하는 사람이라도 집에서 김치볶음밥 정도는 쉽게 만들 수 있지만, 명란크림파스타 같은 걸 하려면 당장 필요한 재료부터 까마득하게 느껴질 것입니다. 그러다 보면 아예 시작할 엄두도 나지 않습니다.

저는 요즘 클라이밍에 빠져 있는데, 돌을 붙잡고 올라가려면 순서를 잘 생각하는 게 중요합니다. 어떤 돌을 먼저 잡을지, 어떤 돌을 버리고 다른 걸 잡을지 차근차근 단계를 쌓아 가야 합니다. 어찌 보면 제가 살아온 길과 비슷한 것 같습니다. 눈앞에 보이는 재미있는 일부터 하나씩 하다 보니까 그게 쌓여서 경험이 되고, 또 다음 걸 할 수 있다는 자신감이 되어 주었죠.

세상을 바꾸는 것도 뭔가 대단한 프로젝트에 의한 것이 아니라 작은 호기심 하나에서 시작되는 경우가 많습니다. 애플의 스티브 잡스와 스티브 워즈니악이 차고에서 개인용 PC를 만들기 전까지 사람들은 개인용 PC라는 개념조차 상상하지 못하고 있었지만, 지금은 모두 손 안에 스마트폰을 들고 다니는 세상이 되었습니다. 언젠가는 우리의 작은 질문이나 상상도 엄청나게 중요한 발견이나 발명으로 이어질 수 있지 않을까요?

모든 사람들이 지구가 아닌 지구를 둘러싼 우주가 회전하는 것이 당연하다고 할 때 '지구가 회전하는 게 아닐까?'라고 코페르니쿠스가 이야기하지 않았더라면, 모두가 '원래' 물건은 땅으로 떨어진다고 이야기할 때 '왜 사과는 옆이 아닌 아래로만 떨어지는 걸까?'라고 뉴턴이 질문하지 않았더라면, 모두가 '원래' 모든 물질은 입자라고 이야기할 때 '입자이면서 동시에 파동일 수도 있지 않을까?'라고 슈뢰딩거가 의심하지 않았더라면 우리가 살아가는 세상은 지금과는 확연히 다른 모습이었을 것입니다.

사람들은 평소에 실용적으로 사용하지 않거나 익숙하지 않은 것들을 '쓸모없는 것'으로 치부할 때가 많습니다. 하지만 쓸모없어 보이는 질문을 던지고, 실패하고 수정하여 작은 것이라도 만들어 내며 결론을 도출하는 과정을 반복하다 보면 더 큰 도전을 위한 원동력이 생깁니다. 그 사소한 시도가 나중에는 세상을 변화시키는 시발점이 될 수도 있습니다. 아니, 사실 미래는 아무도 모릅니다. 우리는 그냥 손 닿는 곳부터 작은 도전을 시작하고, 그것을 눈덩이처럼 조금씩 키워 가는 과정을 반복할 뿐입니다. 재미가 없어질 때까지!

긱블러들의 새로운 도전은 여전히 진행 중

안녕하세요, 태정태세입니다. 이 에필로그는 책 출간 작업이 시작된 이후 약 8개월이 지난 시점에 쓰고 있습니다. 앞서 보셨던 분들은 지금 뭘 하고 있냐면요,

'상상을 현실로'를 외치던 민바크와 키쿠는 지금 하이퍼 캐주얼 게임을 개발하고 있어요. 물성 있는 작품을 만드는 메이킹도 좋지만, 게임과 같은 소프트웨어 기반의 창작 과정도 더 많은 사람이 좋아했으면 좋겠다는 마음으로 임하고 있습니다.

잭키는 자신이 이루고 싶던 꿈을 위해 새로운 회사로 이직했어요. 평소에 자동차 생각밖에 하지 않던 잭키라서 그런지 결국 자동차 관련 회사로 갔습니다. 너무 잘 어울려요. 긱블에서의 경력을 바탕으로 자신의 꿈에 한 걸음 다가갈 수 있었던 것만으로도 너무 뿌듯하고 자랑스럽습니다.

나모와 수드래곤은 그 어느 때보다 긱블 메이킹에 진심이에요. 나모는 3D 프린터로 집 짓기에 푹 빠져 있고, 수드래곤은 영상만이 아니라 전국 방방곡곡 다니며 긱블을 좋아하는 친구들을 많이 만나고 있습니다.

갈퀴는 긱블의 영상들을 해외 시청자들이 많이 볼 수 있도록 열심히 콘텐츠의 현지화를 해 주고 있습니다. 머지않아 해외에도 긱블 팬들이 생길 예정이니 지켜봐 주세요.

저는 2년 동안 대표로서의 일들을 하다가 최근 오랜만에 직접 붕어빵을 부위별로 만들어서 장사하는 콘텐츠를 기획하고 편집하는 과정을 진행했습니다. 댓글 반응을 보니 '역시 이 맛에 콘텐츠 만들지'라는 생각이 들었어요. 여전히 열심히 영상을 기획하고 만들고 있습니다.

　돌이켜 보니 8개월 동안 정말 많은 일이 있었습니다. 개인적인 일뿐만 아니라 회사 차원에서 큰 실패도 해 보고, 기존 멤버가 나가고 새로운 멤버가 들어오기도 하고, 회사가 운영되기 위한 여러 전략의 변화도 있었어요. 그럼에도 우리 조직이 계속해서 달려 나갈 수 있는 이유는, 우리 회사가 존재하는 명확한 이유가 있기 때문입니다. 긱블의 경우 '과학과 공학을 좋은 이야깃거리로 만든다'가 회사가 존재하는 이유인 '미션'이죠. 회사를 뜻하는 '법인法人'에서 '인人' 자는 '사람 인'인 만큼, 회사를 사람으로 본다면 긱블이라는 사람이 살아가는 이유가 바로 미션입니다. 목표가 명확하면 목표를 향해 가는 과정에서 어떤 방식으로 실패하든 다시 일어날 수 있습니다. 다만 목표가 뚜렷하지 않으면 실패를 하더라도 다시 일어날 동기가 없다고 생각해요.

　내가 하는 행동들에 대해 끝없이 이유를 물어보세요. 이유를 묻는 것에 대해서조차 "왜?"라는 질문을 던져 보세요. 긱블의 피디와 메이커들은 일상에서 쉽게 접할 수 있는 것들에 대해 끝없이 "왜?"라는 물음을 던지고 사소한 것일지라도 깊게 고민해 봅니다. 그리고 그 대답을 찾아내는 과정에서 새로운 것들을 보고 배웁니다.

여러분은 왜 이 책을 펼치셨나요?

긱블, 상상을 현실로 만드는 괴짜들

초판 1쇄 발행 2024년 7월 10일

지은이 긱블
펴낸이 박영미
펴낸곳 포르체

책임편집 김아현
마케팅 정은주
디자인 황규성

출판신고 2020년 7월 20일 제2020-000103호
전화 02-6083-0128 | 팩스 02-6008-0126
이메일 porchetogo@gmail.com
포스트 https://m.post.naver.com/porche_book
인스타그램 www.instagram.com/porche_book

ⓒ 긱블(저작권자와 맺은 특약에 따라 검인을 생략합니다.)
ISBN 979-11-93584-49-1 (43810)

여러분의 소중한 원고를 보내주세요.
porchetogo@gmail.com